くびれを舌で嬲られてイキそうになり、
小さく震えながら意識を逸らしてなんとか堪える。
「どうしたんです？　イッてもいいのですよ？」
「……ぁ……っ」

AZ NOVELS

極道はスーツを愛玩する

中原一也

CONTENTS

CONTENTS

CONTENTS

CONTENTS

ILLUSTRATION
小山田あみ

極道はスーツを愛玩する

秋が深まると、夜の匂《にお》いが変わる。

昼間の熱気が残り香のように微《かす》かに感じられていた時期とは違い、ここ数日はめっきり風も穏やかになった。冬の気配を感じるまでにはまだ間があるが、それでも汗ばむ季節の熱は、次第に遠ざかっている。

あの忌まわしい朴《パク》の事件からふた月ほどが過ぎていた。

榎田《えのきだ》は朝から晩までスーツを作る日々が続いているが、充実している。あの事件を通じて、好きなスーツを作る毎日がこんなにも大事だったのかと、より感じられるようになった。

当たり前のようにそこにある日常は、実はとても脆《もろ》く、いつ目の前から消えるかわからない存在であることを痛感している。

「では、私はこれで失礼しますよ」

「はい。お疲れさまでした。大下《おおした》さん」

榎田は作業の手を止めると、仕事を終えて帰る大下に頭を下げた。

「あまり遅くまで起きていると躰《からだ》に毒ですから、無理をされないように」

「はい。ありがとうございます」

大下が作業場を出ていくと、またすぐに手を動かし始める。

ひと針ひと針縫っていく作業は気が遠くなりそうだと言われたこともあるが、それでも少しずつ形になっていくのが、職人の喜びだと榎田は思っている。

心を込めた積み重ねが、仕上がりを大きく左右する。

スーツに限らず、こうして一つずつ積み上げていくのは、榎田の性に合っていた。黙々と作業を続けるのが好きなのだ。接客も好きだが、営業職には向いていないと自分でも思う。

今手がけているのは、三年ほど前から「テーラー・えのきだ」の常連となってくれている四十過ぎの紳士の冬物だった。

海外での暮らしが長かったせいか、テーラーメイドのスーツに慣れ親しんでおり、生地のこともかなり詳しい人物で、話していると時間を忘れる。

まるで歳《とし》の離れた友人と接しているような気がするのだ。

「さて、と……」

榎田は肩を軽く回すと、袖口《そでぐち》のボタンに取りかかった。ここを仕上げれば、完成する。

ボタンを留める糸は蠟引《ろうび》きと呼ばれるものを使うが、すでに加工されてある糸ではなく、榎田は自分で処理を行った。

蠟の上で糸を滑らせて染み込ませたあと、余分な油分を油紙に吸わせる。この処理をすると糸が切れにくくなり、微かな艶《つや》が見た目の仕上がりもよくするのだ。

ボタンは割れにくさと生地とのバランスを考えて、樹脂製の練りボタンを提案し、氏の要望でキッスボタン仕上げにすることになっている。

キッスボタンというのはいわゆるボタンを重ねたスタイルだ。今回、袖口のデザインはボタンが外せる本開きを採用しているため、高度な技術を要する。実用性から考えると、スーツの上着の袖ボタンが外せるスタイルはあまり意味はないのだが、こういったところにこだわるのが格調の高さに繫《つな》がる。

着心地がいいだけではない。機能性を保ちながらもそれを邪魔せずにデザイン性を高め、シルエットの美しさや満足感を出す。

それを無駄と取るか、こだわりと取るかは人それぞれだが、無駄だと思うようなタイプの人間にはテーラーメイドスーツに価値を感じられないだろう。それが悪いというのではなく、まさに個人的な好みや趣味の問題だ。

そして、自分と同じ価値を持つ人たちを満足させたいというのが、榎田の望みである。

袖口のボタンを仕上げると、榎田は最後に穴糸にアイロンをかけて形を整えた。

「よし」

仕上がったばかりのスーツをマネキンに着せ、少し離れたところから眺める。気さくな紳士がこれに袖を通した姿を想像し、榎田は思わず目を細めた。

気に入ってもらえるだろうか。着心地は満足してもらえるだろうか。ボタンの色で迷っていた紳士に榎田がしたアドバイスは、やはり的確だったと思ってもらえるだろうか。

何度納品をしても、客の反応を見る時はいつもドキドキする。慣れることなどない。特に常連にもなると、前回のものより劣ることなど絶対にあってはいけないと気負ってしまうこともあり、そんな時は自分をコントロールするのが難しくなる。

大下ほどの職人になると、そういった気持ちは捨てられるのかもしれないが、自分はまだまだだといつも思わされる。

「さて、片づけるか」

いつまでも仕上がったスーツを眺めてしまいそうで、榎田はわざと声に出してから作業場の片づけに取りかかった。道具を指定の位置にしまい、戸締まりの確認をして自宅のほうへと向かう。

一階に下り、喉《のど》を潤そうとキッチンの冷蔵庫を開けた時、外で物音がしてヒヤリとなった。

「――っ！」

脳裏をよぎったのは、朴の手下たちが店に乗り込んできた時のことだ。男たちは突然やってきて、たまたま店に来ていた諏訪《すわ》と一緒に榎田を連れ去った。

抵抗する暇などない素早い動きだったのをよく覚えている。

（誰《だれ》か、いるのかな）

榎田は懐中電灯を持って、足音を忍ばせながら裏口に回った。物音を立てないように気をつけているが、足を踏み出すたびにジリと微かに音がする。

物影に何かいそうな気がして、一歩がなかなか踏み出せない。あの壁の向こうに、誰かが身をひそめて自分を狙《ねら》っているような錯覚さえ覚えた。

「――ぅわ……っ!」

物影から突然黒い影が現れ、榎田は思わず懐中電灯を落としそうになった。

飛び出したのは尻尾《しっぽ》の長い黒の野良猫で、塀の上に飛び乗ったかと思うと素早い動きで闇《やみ》の中へ消えてしまう。

「あー、びっくりした」

お決まりの結果に胸を撫《な》で下ろし、苦笑する。

朴の事件以来、榎田は物音に敏感になっていた。作業をしていても、ちょっとした物音がするとその原因を突き止めないと気が済まないのだ。大下も気づいているだろう。

しかし、トラウマなんて言葉は使いたくなかった。ちょっと神経質になっているだけだ。まだあの事件から、そう時間は経っていない。

静かで平和な日々が、解決してくれると信じている。

「もう、しっかりしろよ」

こんなことでは芦澤《あしざわ》に笑われるぞと自分を叱咤《しった》すると、家に戻り、シャワーを浴びにバスルームへ向かった。腹は空《す》いていたが、まだ食べる気になれない。

洋服を脱いで洗濯籠《かご》に入れてから、カランを捻《ひね》りシャワーを全身に浴びた。太腿《ふともも》の内側に刻み込まれた芦澤の刻印を見て、少しだけ落ち着きを取り戻す。

美しい青龍《せいりゅう》は、まるで守り神のようにいつもそこにいるのだ。榎田がどこにいても、この龍が芦澤を呼び寄せてくれるだろう。

けれども、単に芦澤が榎田を守るために側《そば》に置いている番犬のようなものとは違う。万が一、芦澤が榎田を傷つけるようなことがあれば、容赦なく自分を彫らせた男にも牙《きば》を剝《む》くだろう。

そう思わせるほど、気高き龍の存在は自分の肌になじんでいると感じた。

(今度は、いつ会えるかな……)

目を閉じて、榎田は恋人を想った。

思い出そうとしなくても、いつもつけているオーデ・トワレの匂いが蘇《よみがえ》ってくるようだ。それは、スーツの生地の匂いや芦澤本人の体臭と混じって、なんともいえない淫靡《いんび》で危険な香りになる。

幾度となく抱きしめられ、幾度となく芦澤の匂いに目眩《めまい》を覚えた榎田にとって、記憶の中のそれは現実のもののように感じられる。

その時、ドアの外でカタン、と音がして現実に引き戻された。

(え……)

榎田は、音を立てたものの正体がなんなのかと耳を澄ませた。

野良猫なんかではない。今度こそ、確かな人の気配だ。

シャワーを止めようと思ったが、怖くてできなかった。カランを捻った途端、榎田が自分たちの存在に気づいたのを察知して、黒ずくめの男たちが雪崩《なだ》れ込んできそうだ。

しかし、このまま気づかないふりをしても同じことだ。相手が榎田に危害を加えようとしている人間なら、遅かれ早かれドアは開かれるだろう。

『俺だ。開けるぞ』

「！」

磨《す》りガラスの向こうに、長身の男の影が現れた。

「あ、芦澤さん……」

物音の正体が芦澤だとわかると、安堵《あんど》するあまり座り込みそうになった。連絡もせずに顔を出すのも勝手に他人の家に上がり込んでくるのもいつものことだが、今日はタイミングが悪かったようだ。

野良猫が立てた物音に驚かされたばかりの榎田は、ちょっとばかり神経質になっていたのかもしれない。

「どうした？」

「あ……」

開けていいとは言っていないのに、傲慢《ごうまん》な帝王はシャワールームのドアを全開にした。全裸の榎田を見て、ニヤリと笑う。

「いい眺めだ」

「あの……」

「今さら恥ずかしいか?」

「いえ。あの……もう、あがるところですから」

「じゃあ、俺が躰を拭《ふ》いてやる」

榎田が用意していたバスタオルを見つけた芦澤はそれを手に取り、ここに飛び込んでこいとばかりに広げてみせた。子供や可愛《かわい》い女性ならまだしも、大の男がと思うと、さすがにそんな真似《まね》はできない。

「じ、自分で拭きます」

榎田が照れるのを愉《たの》しんでいるのが表情からわかり、相変わらずの恋人にふてくされたような顔をしながら、手を伸ばしてバスタオルを取ろうとした。

しかし、逆に手首を摑《つか》まれて強く引き寄せられたかと思うと、勢いあまって半ば躓《つまず》くような恰《かっ》好《こう》になり、芦澤に抱きとめられる。

「……っ」

「往生際の悪い奴め」

苦笑する芦澤の声を耳元で聞かされ、胸が締めつけられたようになった。こんなに近くで囁《ささや》かれ、平静を保てというほうが無理なのである。

男の色香を振り撒《ま》く獣を前に、榎田もまた男だった。好きな相手に欲情するのは、健康な男としてはごく当たり前のことだ。

ただ、素直に自分の感情に任せて気持ちを表現できないだけだ。

「悪かったな。驚かせたみたいだ」

「え……？」

「夜が怖いか？」

バスタオルの上から抱きしめられる。

芦澤は、気づいていた。なんでもないという態度を取っていたつもりだが、すべて見抜かれていたのだ。自分の嘘《うそ》がそう簡単に通用するような相手でないとわかっていたが、こうもあっさり言われると、敵《かな》わないと強く思い知らされる。

榎田が愛した男は傲慢な帝王だが、ただ傲慢なだけじゃない。こういう時に器の大きさを見せつけられ、自分がどれだけ愛されているか実感させられ、芦澤をよりいっそう好きになる。

芦澤に対する気持ちは十分すぎるほどあるというのに、そんなものでは足りないと言われているようだ。

どこまで自分を虜《とりこ》にしてしまうのだろうと思い、恋人への気持ちがこれ以上加速することに、多少の戸惑《とまど》いを覚えていた。

「平気です」

自分に回された腕にそっと手を添え、軽く力を込める。

嘘ではなかった。

確かに、物音に敏感になっているのは否定できない。怖いと思う時もあるが、耐えられないほどではない。

極道を恋人に持った瞬間から、覚悟をしたのだ。

芦澤がいない人生など考えられない榎田にとっては、この程度のことで大騒ぎをしたくはなかった。

「嘘は言ってないだろうな」

「ええ。本当に平気ですよ」

「そうか。お前は強いな」

濡《ぬ》れた髪の上からキスをされ、榎田はピクリとなった。

感じやすい躰は、すぐに反応して恋人を欲しがってしまう。愛情を示す口づけだというのに、躰が熱くなるのをどうにもできず、榎田は恋人に悟られないよう必死で自分を抑えた。

「あんな目に遭って、まだ俺の恋人でいる勇気があるのか?」

「ああいう目に遭うのが怖いから別れようなんて、一瞬たりとも思ったことはないです」

「そうか。お前、俺より男前だぞ」

「そんなこと……」

「だが、みんな言ってる。若頭の恋人は、虎《とら》と格闘する男だってな」

からかわれ、いまだにあの時のことを言い続ける芦澤に困った顔をした。

組の一部の人間には、榎田の存在は知られている。朴の事件の時は、何人かの舎弟たちと顔を合わせた。

怪我《けが》をした榎田たちは元医学生だという舎弟に傷の手当てをしてもらったのだが、その時、芦澤はわざと誤解を招くような言い方をしたのである。

『俺は素手で虎と闘うような勇気はないよ』

芦澤がそう言った時の、舎弟たちの反応といったら……。

確かに、朴の用意した狂気じみた余興により虎に襲われ、与えられた麻酔銃で応戦する形となったが、闘うなんて立派なものではなかった。

それなのに、芦澤のハッタリのおかげで、榎田のイメージは『コロッセオでグラディウスを手に虎と闘う筋肉隆々の剣闘士』だろう。

そんな男とは程遠い躰つきをした自分が、何万人もの観客の前で虎に闘いを挑んでいるところを想像し、複雑な気分になった。

「芦澤さん、変なこと触れ回らないでください」

「俺も気をつけないと、お前の色気にやられちまう」

「芦澤さんは、虎より危険です、……ぁ」

「もう、お喋《しゃべ》りは終わりだ。お前をじっくり味わわせろ」

耳の後ろにキスをされ、首筋に唇を這《は》わされた。

ああ、スーツが……、と床に脱ぎ捨てられる上着に目が行くが、触れられて発熱した躰は理性の訴えをあっさりと却下し、芦澤に身を差し出したのだった。


榎田のもとに一本の電話が入ったのは、芦澤との久しぶりの逢瀬《おうせ》から十日ほどが経ってからだった。森住《もりずみ》と名乗った女性は男性向けファッション雑誌の記者で、榎田の店の取材をさせて欲しいと言ってきたのである。

中高年を対象にした雑誌で、大人の贅沢《ぜいたく》をコンセプトに車や時計をはじめ、隠れ家的な宿に至るまで、あらゆる情報を提供している。

榎田に取材を申し込んだきっかけは、以前、スーツ職人として出演した地方の番組だという。それを見て『テーラー・えのきだ』に興味を持ち、今回スーツの特集を組むにあたって、ぜひ取材に応じて欲しいとのことだった。

とりあえず見本誌を送るから見てくれと言われ、荷物を受け取ったのが、大下が出勤してくる三十分ほど前――。

届いた荷物の中には、雑誌が五冊と挨拶状《あいさつ》が入っている。

「ああ。例の雑誌ですね」

「はい、さっき届いたんですけど……」

「どれどれ。見せてもらえますか」

「はい。どうぞ」

榎田は、さっそく届いた雑誌を大下に手渡した。大下は興味深げにそれを手に取ると、ページをめくりながら、「ふふ」と笑ったり「ほぉ」と感心した声をあげたりする。

榎田も、中の記事に目を通し始めた。

二人はしばらく仕事を忘れ、雑誌を読み耽《ふけ》る。

素直な感想は『自分と似たような人がたくさんいる』ということだ。

スーツ職人の榎田にとっていいものを長く使うというのは基本だが、時計も革製品も、この雑誌で紹介されている物は何度も修理をしながら長く使うことを前提に作られているのだ。特集の記事でインタビューに答えていた時計職人も、榎田たちと基本的な考えが同じなのである。

一つのものを長く愛し、手入れをし、つき合っていくことがどれだけすばらしいかを語っている。榎田がスーツの歴史を語るように時計の歴史を紹介し、写真も身を乗り出して目を輝かせているものが掲載されていた。

単に、雰囲気だけのお洒落《しゃれ》を推奨しているものではない。

自分のこだわりを持ち、愛着と愛情により自分になじませ、自分だけのものにしていくことへの思いは、まさに榎田がスーツに対して抱いているのと同じものだ。

「なかなか面白い雑誌ですね」

「ええ」

「こういう人たちがたくさんいると、わたしたちも負けていられないと、気合いが入ります」

「僕もなんだか刺激を受けました。取材、どうしましょう」

目指しているものは同じでも積極的になれないのは、性格的な問題だろう。自分のこだわりや信念をこういった場で公言するのは、偉そうでどうも苦手なのだ。

スーツの話を始めるとついつい熱く語ってしまいがちだが、取材となると話は変わる。『情報を提供する』という立場と、個人的に自分の好きなものについて語るのとは違うのだ。

「あなたのお好きなように。店の宣伝になると思いますが、嫌なら無理に受ける必要はありませんよ。でも、少しでも興味があったら、やってみるのもいいかもしれません」

「僕もこの雑誌に載せてもらっていいんでしょうか。僕よりしっかりした職人さんはたくさんいるのに……」

「いつも話しているように、あなたがどれだけスーツに魅せられているのか、それをお話しすればいいと思いますよ。気負うことはありません」

大下に言われると、確かにそんな気がした。

もし、自分の言葉がきっかけになるのなら嬉《うれ》しい。スーツに興味を持ってくれる人が一人でもいれば、それはとても素敵なことだ。

自信はないし結果は変わらないとしても、何もしないよりは何かしたほうがいい。

「じゃあ、受けてみようかな」

榎田が言うと、大下はにっこりと笑った。

そうと決まると、さっそく取材を受けるという電話を担当者に入れる。ちょうど他の取材で不在だったが、あとで折り返し連絡をさせると言われ、電話を切った。

「さて、そろそろ仕事を始めましょうか」

「はい」

作業場に上がろうとすると、店のドアが開いた。大下に先に仕事にかかってもらうよう促し、榎田が接客をしに戻る。

「いらっしゃいませ。あ、河島《かわしま》様」

「こんにちは」

店に来たのはまだ三十代にも手が届かない若者で、榎田が仕立てたスーツを身に着けていた。一年ほど前に初めて店に顔を出し、このスーツを仕立てたのだ。

無地のネクタイはスーツとマッチしており、着こなし方もサマになっている。姿勢もよく、スタイルのいい若者にはとても似合っていた。

「名前を覚えてもらってるなんて、驚きました。一着仕立てただけなのに」

「当店のお客様ですから。着心地はいかがですか？」

「すごくいいです。やっとこれが着られる季節になったから、ちょっと嬉しいです」

はにかみ笑いをする若者に、榎田も自然と笑みが漏れた。

「夏用も作りたかったんですけど、仕事が忙しくて……。それに、夏は上着を脱ぐことが多いから、冬用をもう一着作ってからにしようかなって。スーツのためにも、続けて着ないほうがいいんでしょう？」

「そうですね。毎日袖を通されるより、間を置かれたほうが型崩れもしにくいですし、長持ちはいたします」

「じゃあ、やっぱり冬用をもう一着作ろうかな。生地を見せてもらえます？」

「はい。どういった色合いにされるかイメージなどございますか？」

「いえ、まったく。自分に何が似合うかわからなくて……お勧めをいくつか出してもらえると助かります」

「承知しました」

榎田は予算を聞き、前回使った生地のことも考慮しながらいくつか布を出して広げてみせた。

テーラーメイドのスーツは、決して安くはないため、榎田の店でスーツを仕立てる人間は年配が多い。彼にとっても、決して安い買い物ではなかったはずだ。

だが、こうしてまた来店してくれることが、榎田には嬉しかった。高いだけの買い物でなかったと思ってくれたということだ。

「このあたりは、比較的若い方向けです。こちらはもう少し年配の方がお好みになる色ですが、ボタンとデザインで印象は変わりますから、十分に着ていただけます」

「これなんか好きですね。あ、あとこっちも」

「よかったら、当ててみられてください」

榎田は鏡の前に促し、実際にスーツに仕立てて着た時のイメージがしやすいように、布を肩にかけてみせる。

「本当だ。こっちのほうが明るく見えますね」

「ええ、同じストライプでもラインの色や太さが違うだけで、印象は変わりますから」

「うーん、でもこっちもいいような……」

「それでしたら、もう少し濃い目のにされますか?」

榎田は反応を見ながら、少しずつ好みを探っていった。次々と出しすぎるのもかえって迷わせてしまうため、一気に布を並べたりせず、大きくタイプに分けてその中から一、二種類ずつ選んで絞り込んでいく。

「あ、これすごくいいですね」

「お似合いですよ。少し大人っぽい感じに仕上がりますので、落ち着いた雰囲気になるかと思います」

「じゃあ、これにしようかな」

こうして客と話をしながら頭の中でどんなスーツを作ろうかと考えるのは、黙々と作業をするのとはまた違う楽しみがあった。内ポケットなど、オプションでフラップポケットにするなど凝ったデザインにもできるため、無理のない範囲で提案をする。

隠れたところへのこだわりに榎田はいつもワクワクさせられるが、自分と同じようにそういったところに魅力を感じる若者がいることが、嬉しくてならない。

「では、こちらの生地でよろしいでしょうか？」

「はい、それでお願いします」

「裏地とボタンは仮縫いが終わった段階で決めていただくとして、採寸はそのつどいたしておりますが、まだ時間はございますでしょうか？」

「大丈夫です」

「では、上着をお預かりいたします」

榎田は青年からスーツの上着を受け取り、ハンガーにかけた。よく手入れがされてある。大事に使っているのがよくわかるため、いい人に買っていただいたなと、つい心の中でスーツに語りかけてしまう。

榎田はいつものように、メジャーを出して採寸を始めた。

「失礼します」

総丈や上着丈、背幅や肩幅など、丁寧に測っていく。採寸といっても、単にメジャーで測るだけではいけない。その時に大事なのが、躰の特徴を摑み、必要に応じて微調整できるようにしておくことだ。

基本的な採寸だけではどうしても補えない、肩甲骨の張り具合や尻《しり》の形、姿勢から生じる特徴などがあるため、細かい部分まで把握できるようにする。同じ人間でも、環境の変化や体重の増減により躰の形は常に変わるため、そういったことが大事になってくる。

ここをきっちりとしておけば、以前仕立てたものを補正する提案もできるのだ。

サイズにズレが生じていても意外に自分では気づかないもので、補正したあとにかなり着心地がよくなるということもめずらしくない。

「いいものを着ると、背筋が伸びますよね。俺、姿勢が悪かったから気をつけるようになったんです」

「スーツは軍服から派生したものだとも言われておりますから、スーツを着ると背筋が伸びるというのは、当然のことかもしれません」

「へぇ、そうだったんですか」

「軍服のボタンを外して、こういうふうに折ると……」

「ああ、本当だ。全然知らなかったなぁ。スーツに限らず、歴史とかって面白いですよね」

この青年と話していると、改めて取材を受けるのはいいことのような気がした。スーツのことを知れば、テーラーメイドのスーツに興味を持ってくれる人が増えるかもしれない。

自分だけのスーツ。自分だけのために作られた物のよさ。

きちんとした物を手にすると、それを身につけたり持ち続けたりするに値する人間になろうとする。単にお金を積んで所有すればいいという成金タイプもいるだろうが、そうでない人も多いと榎田は実感している。

自分の仕立てたスーツが、己の行動を美しくしようと心がけるきっかけになる可能性だってあるのだ。そして同時に、それだけの価値のあるものを作りたいと思えてきて、榎田は仕事に対する意欲をいっそう高めるのだった。


榎田の店に取材記者がやってきたのは、何度か日程などの打ち合わせをしてからだった。

その日は定休日で、榎田は朝からそわそわしっぱなしで落ち着かなかった。仕事をしながら待っているつもりだったが、こんな気持ちで作業をしてもいいものはできないと思い、早々に仕事をするのを諦《あきら》めて、洗濯などの雑用をしながら取材記者が来るのを待った。

榎田の自宅のチャイムが鳴ったのは、約束の時間を五分過ぎてからだった。

「はじめまして。森住と申します。こちらがカメラマンの立野《たての》です。照明はアルバイトの藤《ふじ》が担当しています」

「は、はじめまして」

「本日はお時間いただきまして、ありがとうございます」

榎田は緊張しながら頭を下げ、店のほうへと案内する。

森住という女性は小柄だったが、キャリアウーマンといった感じではきはきとした喋り方が印象的だった。常に男性の中に混ざって仕事をしているのだろう。かといって単に男勝りなだけというわけではなく、女性らしさもあり、身につけているスーツも女性らしいラインを控えめに出しているいい品物だった。

カメラマンのほうは、三十過ぎで遊び人ふうな外見をしている。

榎田が持っているカメラマンのイメージは、着るものに頓着《とんちゃく》しないようなタイプだったが、身につけているのは高そうなものばかりで、どちらかというとデザイナーなどクリエーターといった雰囲気を持っていた。

榎田が出したコーヒーはひと口飲んだだけで、ほとんど手をつけられなかった。

「では、さっそくですが、お店の中の写真から撮らせていただいてよろしいでしょうか?」

「もちろんです」

「じゃあ、立野君。始めちゃって」

「藤。そっちから撮るから、照明当てて」

「はい」

榎田は店内にカメラを向ける立野の邪魔にならないよう店の隅に立ち、シャッターを切る男の背中を見ていた。森住はスーツのことなど簡単な質問を榎田にしながら、時折こういったアングルの写真も欲しいと言って指示している。

取材のためというより、榎田の緊張をほぐすのが目的なのだろう。まだメモを取ったり録音したりしようとはせず、世間話も織り交ぜた会話はしばらく続いた。

ディスプレイしてある布地を入れ替えるよう頼まれると、言われた通り、別の場所に飾ってある布を出してセッティングする。

「立野君、もうそろそろいい？」

「ええ。ここはこのくらいでいいかな。あと、作業場って二階ですよね」

立野はそう言って、作業場に繋がる階段へ向かった。慌てて追いかけたが、あっという間の出来事だったため勝手に入られてしまう。

急いで二階に上がると、立野はどういうアングルで撮ろうか考えているのか、手で口を覆うような恰好で部屋の中をじっと見ている。

「ちょっと、立野君！　失礼でしょ」

榎田に続いて二階に上がってきた森住が、慌てた様子で立野を叱《しか》る。

「あ、すみません。作業場や道具の写真も撮らせてもらうって、打ち合わせの時に伝えてたもんだから」

「そうだけど、勝手に上がることないでしょ。申し訳ありません」

「いいえ。大事なものがありますから、次から言っていただければ……」

「はい。そうします。わかったわね」

「すみません。今度から気をつけますよ」

さして悪びれずに言うと、立野は照明のアルバイトを呼んでライトを当てるよう指示した。

「できれば、作業中って感じの写真がいいんだけど……少し出してもらってもいいですか?」

「はい。じゃあ、いくつか出しますね」

榎田は汚さないよう注意をしながら、現在作業中のスーツを広げた。

「もう少し、こう……ゴチャゴチャした感じが欲しいんですけど。ハサミとかメジャーとか、その辺に置いてもらって、アイロンがちょっとフレームに入ってると嬉しいな」

「すみません、作業中は必要な物しか出してないんですよ」

「うーん、そっかぁ。これだけで雰囲気出すってのもなぁ。じゃあ、あっちの布を出してもらえますか? 重ねて撮りたいんだけど……」

「すみません。あちらは撮影していいというお客様の了解を取っていないものですから」

「汚したりしませんよ」

「一応雑誌に載るものですし、そういったものがお嫌いな方もいらっしゃいますから」

「お堅いなぁ。ま、いっか」

馴《な》れ馴れしい言葉使いに少々戸惑いながらも、できるだけ要望には応《こた》え、無理なことははっきりと断り、撮影を続けた。思い通りにいかないからか、立野は少し苛《いら》立《だ》ちのようなものも見せ始めるが、そこは森住が上手く宥《なだ》める。

「立野君、変に凝った撮り方しないでよ。演出が過ぎるとわざとらしくなるから。あくまでも仕事を紹介する写真ってこと、忘れないで」

「わかってますって」

次々とシャッターを切る立野を、榎田は複雑な思いで見ていた。

立野は、どちらかというと芸術家タイプだ。固まったイメージを持っているようで、いろいろと演出をしたがる。榎田のスーツやスーツを作る過程を正しく伝えようというより、自分の演出にこだわり、多少の嘘を織り交ぜてもインパクトやお洒落なイメージを出したいと思っているようなところがあるのだ。

見る者が見たら、立野が撮りたがるような作業場で仕事をしているなんて効率的ではない。それどころか、これが職人の作業場なのかと笑われてしまう。

ありのままを伝えるのだと思っていただけに、不安を抱かずにはいられなかった。

「これは？」

「それもアイロンです。その中に炭を入れて使うんです」

「ああ、それいいな。それも布の横に置いて撮りたいんだけど」

「これはもう使ってない道具なんです」

「じゃあ、昔の道具ってことで。他にも年代物の道具ってないんですか？」

「年代物といえばそれくらいで。一般の方が見て面白そうな道具といえば、まんじゅうかな」

「それなんです？」

「これです。アイロン台としてや襟の縫いつけの時なんかに使うんですけど、まんじゅうみたいな形をしてるからまんじゅうです。そのまんまなんですが。こんなふうに生地を置いて縫うんです」

　言いながら、自分のスーツの上着をその上に広げてみせる。

「へー、じゃあそれも撮っておこうかな」

「立野君。あとどのくらいかかりそう？」

「あと少しで終わりますよー。先に下でインタビューの準備しといてください」

「では、わたしは先に……」

　彼女は榎田に軽くお辞儀《じぎ》をしてから、階段を下りていく。

　立野は藤にライトの当て方を指示しながら、シャッターを切っていった。黙ってそれを眺め、作業が終わるのをじっと待つ。無言の空間にシャッターの音だけが聞こえている様子は、榎田が大下とともに作業をしている時と少し似ていた。

　仕事に必要な会話は時々かわすが、それ以外の時は黙々と作業をしているだけだ。

　どんな仕事も同じなんだと思い、先ほどの立野の行動に不信感を抱いていた榎田は、カメラマンにも自分のスタイルがあり、演出にこだわるところがあるのも仕方ないと思えてきた。

　それだけ信念を持っているのかもしれないと、仕事の様子を見ているうちに彼への信頼を取り戻していく。

　しかし、そんな榎田を裏切るかのように、立野が言った。

「俺ね、本当は女の裸とか撮りたかったんですよねー」

「え……」

「こういう仕事するつもりなくて。あ、藤。もう少し右にライト当てて」

「はい」

「そうそう。そのままね。でね、そのうち転向するつもりではいるんですけど、今は下準備って感じかな。榎田さんは最初からこの仕事がしたかったタイプです？」

「ええ、僕は子供の頃からこの仕事をって決めてましたので」

「ふーん」

　榎田は、再び不信感を募らせずにはいられなかった。

夢はあっていいと思う。今がそのための準備期間でも、恥じることはない。

けれども、わざわざこういう言い方をされると返事に困る。取材の相手でしかない自分に、赤裸々に話してしまう立野の気持ちがまったくわからなかった。

「ま。こんなもんかな」

あらかた写真を撮ってしまうと、立野は藤を連れてさっさと一階へ下りていった。作業中でもないのに布を出しっぱなしにして放置するわけにもいかず、榎田は急いで片づけて一階に下りていく。

打ち合わせだろうか。一階では、森住が立野に向かって身振り手振りをしながら何やら話していた。

榎田が下りてきたのに気づくと、彼女は丁寧にお辞儀をする。

「ありがとうございます。いい写真が撮れたようで、誌面も華やかになります」

「いえ。ご要望に応えられないことも多くて、すみません」

「こちらこそ、いろいろと要求してしまったようで申し訳ありませんでした。最近、編集部内で異動があったものですから、ちょっと気負ってるところがあって……」

「そうだったんですか」

「ええ、今回は入れ替え後の新しい体制でやる第一弾なんです。ですから、私もすごく気合いが入ってて……。空回りしないよう努力しますので、もう少しおつき合いください。榎田さんのスーツをしっかり紹介させていただきます」

ソファーに座ると、今度はインタビュー形式での取材となる。

テーブルにICレコーダーを置かれたからか、緊張は隠せなかった。自分に注目されるようで、落ち着かない。

「ではさっそく、スーツのことについていくつか質問を……。まず、テーラーメイドのスーツのよさはなんだと思われますか？」

「はい。お客様一人一人の体型に合わせて作られてあるところですね。もちろん、既製品にもいいものはありますが、やはり同じ躰をした人はいないですから。躰に合ったスーツは着心地もいいですし」

「既製品との違いは？」

「まず、採寸する箇所が断然に違います。それだけ体型に合わせたものができるんです。採寸しながらお客様の躰の特徴なども見て、微調整します」

「大変なお仕事ですね」

「そうですね。でも、自分では大変というとちょっと違うというか」

「でも、それだけ手間をかけるということでしょう」

「そうでなんですが。僕はそういうやり方でスーツを作ることが当たり前になっているので、特に大変だという感じはなくて」

「つまり、そうすることが当然……。まさにプロの方の言葉ですね」

「あ、いえ。そんな……」

プロという言葉に、榎田は後ろめたさのようなものすら感じた。

仕立てたスーツを褒めてもらいたいという願望はあるが、考え方や信念は他人にひけらかさず、自分の中で一貫したものを持っていればいいと常々思っているだけに、こういう形で手放しに賞賛されると困ってしまう。

まるで、どれだけ苦労や努力をしたかを自慢しているような気分だ。

自分のことは、仕上がったスーツの着心地で評価してもらいたい——そんな思いを常に持っている榎田は、彼女の賞賛に居心地の悪さを感じた。

「本当に、そんなに偉そうなことを言うつもりはなくて……」

「謙虚な方なんですね」

彼女がメモをする手元を見ながら、もう少し言葉を選ぼうと口を噤《つぐ》み、一呼吸置いた。そして、もう一度自分の考えを言葉にする。

「あの……プロって言われるほど、自信はないんです。ただ、スーツが好きっていうだけで。スーツは子供の頃から身近にあったものですし、スーツにまつわる話や歴史なんかを昔話のように聞かされてましたから。いい職人さんが仕立てたスーツというのは、本当にすばらしくて……。自分でもどうしてこんなに心惹《ひ》かれるのかわからないんですけど、美しい縫い目や仕立てってっていうのは、見ているだけでワクワクするっていうか……」

テーラーメイドスーツのよさを少しでも知って欲しくて、榎田はその魅力について一つ一つ丁寧に説明した。そして、ついいつものように夢中になって力説してしまう。

「それに、スーツを仕上げるのは、僕ではなくお客様だと思ってます」

「お客様が、ですか?」

「ええ。どんなにいいスーツを仕立てても、使う人がぞんざいに扱えば、価値が下がります。手入れの仕方一つで駄目にもなることもあるし、深みが出ることも……」

「なるほど。確かにそうですね」

「二着目三着目をお作りになる時に、僕が仕立てたスーツを着てこられる方もいらっしゃいまして、お客様の躰になじんで、お渡しした時よりもずっとよくなっていると感じることがよくあります。そういった時は本当に嬉しいです。ですから、ただお渡しするだけじゃなく、きちんとしたお手入れを覚えていただきたいなって……」

「確かに、ここまで手をかけたものは、それなりの扱いをして欲しいと思われますよね」

彼女の言葉に、また誤解をされてしまったことに気づく。

上手く伝えられないことを焦《じ》れったく思いながらも、今はテーラーメイドスーツのよさを伝えることが自分の仕事だと、持ち前の根気強さで言葉を探し、口にする。

「いえ。そんな偉そうなことを言うつもりはないんですけど……。すみません、なんて説明したらいいのか。本当に自分が特別な仕事をしてるっていう気持ちはないんです。いえ、なんていうか、確かにテーラーメイドのスーツは、世界に一つしかない自分だけの特別なものではあるんですけど……、――っ！」

いきなりカメラのシャッターを切られ、榎田は目を丸くした。

「あ。すみません。今、いい表情だったから……」

「立野君、何してるの。いくらなんでも失礼でしょ」

自分では理解できない行動に、さすがの榎田も言葉を失った。唖然《あぜん》としていると、彼女も慌てて頭を下げて謝罪する。

「本当に申し訳ありません。なんてお詫《わ》びを……。あとで了解を得てから撮らせていただくつもりだったんですが」

「あの……顔写真も載るんですか？　できれば、僕の写真は……」

「事前にお伝えしていたと思うのですが」

そんな話をされた覚えはなかった。自分の写真など載せるくらいなら、スーツの写真を一枚でも多く載せて欲しい。

それが榎田の願いだ。

けれども自分の聞き漏らしだった可能性も捨てきれず、すでに話が通っているつもりになっている彼女を前に、強引に断ることができない。

「先ほどの写真は照明を当てていないので、雑誌にはきちんと撮り直ししたものを掲載する予定です。もちろん、お使いする写真も選別してもらって構いません」

「でも……」

「ぜひお願いします。私どもも、いい物を少しでも広めたいんです。榎田さんのようなお若い人が職人さんですと、読者さんの反応もいいんです」

「じゃあ、一枚だけなら」

熱意に負けて、了解してしまう。たかが写真一枚にあれこれ言うのも、自意識過剰な気がしたのも理由の一つだ。

「ありがとうございます。よかった、心変わりされなくて。それでは、インタビューに戻らせていただいてよろしいでしょうか？　先ほどのお話の続きをお願いします」

「あ、はい。すみません。えっと……それで……」

どこまで話をしたのかすぐに思い出せず、慣れない取材に戸惑いながらも、榎田なりに誠意をもってスーツに対する思いを言葉にした。しかし、頭の隅には、本当に自分の聞き逃しだったのだろうかという疑問が常にあり、不安は広がる。

取材を受けたのは正しかったのかと自問しながら、それでも今は誤解を招かないように話すしかないと、それまで以上に慎重に話をするのだった。

疲れた。

取材の感想は、その一言に尽きるものだった。

次に同じようなオファーが来たら、断るだろうというくらい疲れている。これで少しでもオーダーメイドスーツに関心を持ってくれる人が増えればいいが、自分が思っていることの半分も伝えられなかったような気がする。

もう少し上手く説明できればよかったのにと、反省することしきりだ。

「もうちょっと言葉を選べばよかったのかな」

頬杖《ほおづえ》をつき、ポツリと零《こぼ》しながら昼間のことを思い出してみる。

以前、地方の番組に出た時は担当者が年配の男性だったからか、わりとゆったりとした感じで取材は進み、取材だと実感できないまま普段通りに一日を終えた。番組自体、躍起になって視聴率を狙っている雰囲気ではなく、それが逆に根強い人気を呼んでいただけに、榎田も自然に振舞うことができたのだ。

しかし、今日は少し強引に感じることもあり、戸惑うことも多かった。編集部内で異動があって気負っていると言っていただけあり、特に担当の森住からは気合いを感じた。

少しでもテーラーメイドスーツのよさを伝えようとしてくれているのは嬉しいが、榎田とは違う方向を目指しているような気もする。

「失敗してなきゃいいけど」

緊張して何を喋ったのか、よく覚えていない。次々と質問を浴びせ、榎田から言葉を引き出そうとする彼女に押されるように、ただ質問に答えることに必死だった。

だからこそ飾らない言葉や普段から思っている言葉が出るのかもしれないが、言葉足らずでもどかしいと思うことも多かったというのも事実だ。

自宅に戻る気力が湧《わ》かず、そのまま作業場で何もせずに時間を過ごす。

その時、置いていた携帯が鳴り、榎田はゆっくりとそれに手を伸ばした。まさかと思ったが、ディスプレイに表示されているのは、今、榎田が一番声を聞きたい相手の名だ。

『俺だ』

「あ、芦澤さん」

こういう時に狙ったようにかけてくるのが、憎らしい。偶然だろうが、まるで榎田のことを見ていたかのようなタイミングに、胸が高鳴ってしまう。

『どうした？　声が疲れてるぞ』

「え、そうですか」

『なんだ、言ってみろ』

何かあったのかと聞かないところも、芦澤らしかった。すべてお見通しだ。敵わないな……と観念する。

「実は……」

いつも忙しい恋人には雑誌社から取材を申し込まれた話はしていたが、それからずっと連絡が取れなかったため、これまでのことを全部話して聞かせた。

『もう取材は終わりか。オファーがあってから早いな』

「そうでしょうか。雑誌の取材なんて初めてで……。でも、本になる前に一応どんな感じになるのか見せてもらえるんです。チェックして、変更して欲しいところは直しを入れてくれるみたいですし、大丈夫だとは思うんですが」

『まぁ、マスコミになんてあまり期待するな。誌面を面白くするためなら、多少の嘘くらい書くさ』

「え、そんな……。でも見本誌で読んだ限りでは、そんな感じは……」

言いかけて、彼女から聞いたある言葉を思い出した。

『最近、編集部内で異動があったものですから』

担当が変わったのなら、多少、方針などは変わっているかもしれない。彼女の力の入りようを思い出すと、芦澤の言うことがまんざらでもない気がしてくる。

『どうした？　心配か？』

「いえ、その……」

否定してみたものの、やはり不安は拭《ぬぐ》えなかった。自分にそこまでの影響力があるとは思えないが、もし、誤解を招くような書き方をされでもしたらと思うと、心配でならない。

たとえたった一人でも、自分が上手く伝えられなかったせいで妙な先入観でも抱かれたら、取材を受けた意味がない。それどころか、取材を受けたことが仇《あだ》になってしまう。

『妙な記事を載せやがったら、誰の目にも触れないように俺が全部買い占めてやる。運送トラックを全部ジャックしてやってもいい』

さらりと言われ、榎田は言葉を失った。

「あの……それは」

『どうした？　それでも不安か？』

不安は不安でも、意味が違う。

榎田が望まないような書き方をされた記事が掲載された時、榎田が望むなら、本当に今言ったことを実行しそうなのだ。特殊部隊を編成して、道路を封鎖しそうである。

非現実的なことでも、やってのけるんじゃないかと思わせる男に、榎田は思わずプッと吹き出した。

「芦澤さんなら本当にしそうで……冗談に聞こえません」

『冗談じゃないんだがな』

「冗談にしてください」

相変わらずの帝王ぶりに、沈んでいた気持ちが浮上する。

言うことのスケールが大きすぎて、芦澤と出会うまではごくごく普通の人生を歩んできた榎田は驚かされることばかりだ。

けれども、この男を心底愛している――簡単には言葉にできないが、榎田は自分の気持ちを心の中で確かめずにはいられなかった。

『ところで、もう仕事は終わったのか？』

「はい、まだ作業場にいますけど。取材のことを考えてたら、少し落ち込んで……。でも、芦澤さんの声を聞いたから、元気が出ました」

『そうか。俺に抱かれたらもっと元気が出るだろうが時間がなくてな、小うるさいのが監視してるんで会いに行ってやれない』

「そういえば、最近諏訪さんとは話をしました？」

『いや、このところ会ってないな』

「やっぱりそうでしたか」

榎田は軽くため息をついた。

朴の事件の時に、諏訪はクスリを打たれて複数の男に陵辱された。自分のために犠牲になった諏訪のことを思うと、胸が痛む。けれども諏訪に詫びて済む問題でないのはわかっているため、あのことには触れずにいる。

強がりな諏訪のことだ。変に気を遣うほうがいけない気がして、ずっと何もなかったような態度を取ってきたのだ。

けれども、最近店にあまり姿を見せなくなった。

「あの……諏訪さんは、大丈夫でしょうか。最近、お店にも来てないんで」

『さぁな。さすがにあの淫乱《いんらん》弁護士も今回ばかりはきつい思いをしたからな。だが、あいつの性格を考えると、お前は普段通りにしているのが一番だよ』

「そう思って、今までそう振る舞ってきたんですが、本当にそれでいいのかなって」

『二週間ほど木崎《きざき》をつけてたんだがな。ヘロインは完全に抜けてるようだったから、あいつを戻した。心配なら、もう一度木崎をつけるが』

「はい、お願いします。でも、大丈夫ですか？　芦澤さんの片腕なのに」

木崎は優秀な部下だ。芦澤のボディガード兼側近。

そんな男を自分の側から離すくらいだ。芦澤なりに諏訪のことを案じているのがわかり、心強く思った。芦澤に任せるのが、一番だという気になる。

『大丈夫だよ。あいつの穴を埋めてくれる奴がいないわけでもない』

「ありがとうございます。僕がお礼を言うことじゃないけど、諏訪さんが一人でいるよりずっと安心です」

『お前が諏訪のことを親友のように想ってるからな、木崎の一人や二人貸してやる。何かあったらお前にちゃんと報告するよ。だからお前は、いつも通りスーツを作っていればいい。何もしないってのは案外つらいが、お前ならできるさ』

「そうですね」

『わかったならいい。それより、いつまでも他の男のことばかり考えるなよ』

最後に芦澤らしい台詞《せりふ》を放たれ、口許《くちもと》を緩めた。

耳を舐《な》めるように流れ込んでくる、艶のあるセクシーなウィスパーヴォイス。会えないのなら、せめてこのままずっと聞いていたい。

『少しばかり忙しくなる。電話もできなくなるが……』

「はい。じゃあ、僕も仕事に専念することにします」

『それだけか?』

「え……」

『聞き分けがよすぎるのも、張り合いがないぞ。俺に会いたいとか、抱かれたいとか、そういう気の利いた台詞が聞きたかったんだがな』

からかうような口調に、体温が少し上がった。そういった台詞が自分に似合うとは思えないから我慢しているのに、芦澤はわざと言ってみせろと催促する。

本当はわかっているくせに……、と意地悪な恋人に対し、たまには反撃の一つでもしたくなった。

　榎田も大人で、男だ。

「芦澤さんに抱かれたいです」

『弘哉《ひろや》……』

「芦澤さんの刺青《いれずみ》が、見たいです。芦澤さんの刺青を見ながら、抱かれたい。ずっと躰を疼《うず》かせて待ってますから、早く仕事を片づけて、会いに来てください」

　いつも翻弄《ほんろう》されるばかりなのは癪《しゃく》だと思って口にしたことだったが、気持ちを言葉にしているうちに感情が高まり、熱い吐息が漏れた。

　自分で掘った穴に自分が落ちるようなものだ。

『まさか、お前がそんなことを考えてるなんてな』

「……っ！」

『なんなら、電話でセックスするか？』

「い、いえ……っ、結構です。お、おやすみなさい」

　これ以上何か言われる前にと電話を切った榎田は、顔を真っ赤にしたまま、しばし固まっていた。心臓が大きな音を立てている。

「い、言ってしまった……」

　今さら後悔してもあとの祭りだが、次に会った時のことを思うと、もう少し考えてから行動に移すべきだったと思わずにはいられない榎田だった。

ひと月が過ぎ、本格的な冬の訪れを感じる季節となった。

榎田は浮かない顔でハンドルを握り、採寸のために得意先である三橋《みつはし》邸へ向かっていた。これからまた一着新しいスーツを仕立てるというのに、気分は少し打ち沈んでいる。

心に引っかかっているのは、榎田が受けた取材に関することだ。

雑誌は無事に発売されたのだが、懸念は現実のものになった。

発売される前に修正を頼んでおいた箇所がいくつもあったのだが、言い回しはそのままで、榎田の写真は予定より一枚多く掲載されていた。修正が間に合わなかったとあとで謝罪の電話が入ったが、雑誌を手にした人間にはそんなことはわからない。

記事での発言は榎田の言葉として捉《とら》えられるのだと思うと、重い気分になるのをどうすることもできなかった。

自分を誤解されることもだが、何よりテーラーメイドスーツの敷居を高くするような言い回しがあったことが本当に残念でならない。普段のちょっとした手入れがスーツをより長持ちさせると言いたかったのに、高級というイメージばかりが先行し、榎田にはまるで『その辺の既製品と一緒にしてもらっては困る』『高級なものなのだから手入れを怠るな』と主張しているように読めたのだ。

確かに既製品より値段は張るが、何度も補正しながら長い間着られることを考えると、コストパフォーマンスはいいと思っている。

もっと気軽に自分用のスーツを仕立てて欲しいのに、これでは逆効果だ。

記事のページ数にも制限があったため、削られた文章の部分に榎田が本当に伝えたかった言葉が書かれてあったのも運が悪かった。

自分の顔写真を一枚減らせば削らなくて済んだのにと思うと、いつまでもウジウジ考えてしまう。

（こんな顔で伺ったら失礼だな）

榎田は気を取り直し、バックミラーで自分と向き合ってから車を降りた。チャイムを鳴らして名前を告げると駐車場に車を停めるよう言われ、門扉が自動で開く。

車を指定の場所に停め直し、道具を持って屋敷へ向かう榎田の視界に、剪定《せんてい》されたばかりの庭木が入ってきた。

いつも手入れをされた庭は美しく、榎田は少し目を細めてから屋敷の中へ入っていった。

「あら、榎田さん。いらっしゃい」

「ご無沙汰《ぶさた》しておりました」

出てきたのは奥さんで、いつものように案内された。階段を上り、高そうな壺《つぼ》の横を通って重厚なドアのある書斎の前まで来る。

「主人は中におりますので。あなたぁ、榎田さんが見えられましたよ」

中から返事が聞こえ、榎田は「失礼します」と言ってから部屋の中に入っていった。座るよう促されてソファーのほうを見ると、雑誌に目が行く。

(あ、嘘……)

応接セットのテーブルには雑誌や新聞が無造作に置かれてあり、榎田が取材を受けた雑誌もあったのだ。

榎田の記事が掲載されている号だ。終わったことは仕方がないと諦めていたが、あの記事を自分のお得意様に読まれたのかと思うと複雑な気がした。これまで信念を持ってやってきたが、あいう形で記事にしてしまってお客様を裏切った気にさえなるのだ。

「やぁ、久しぶりだね」

「ご無沙汰しておりました」

「元気にしていたかね?」

「はい、おかげさまで」

家政婦が紅茶を持ってくると、榎田はそれを少し頂いてからいつものように持ってきた生地の見本を開いてみせた。長年のつき合いになると好みもわかっているため、素材選びは早々に終わり、デザインが決まるとさっそく採寸に取りかかる。

「ああ、そういえば雑誌読みましたよ」

「はい。あの……恐れ入ります」

メジャーで総丈や上着丈を測りながら、榎田はなんと答えていいのか迷った。

あそこに書かれてあるのは、本当に自分が伝えたかったことではない——そう言いたい気もしたが、今さら言い訳をするのも見苦しい気がして、それ以上何も言わなかった。

取材を受けると決めたのも、実際に取材を受けたのも榎田だ。店の看板を守るべき自分が、軽々しく取材を受けたのも原因の一つだと、戒めにすることにして深く反省をする。

「ずいぶんと脚色されたんじゃないかい？」

「え？」

「いや、普段のあなたから感じるのと、誌面から受け取った印象がかなり違ったからね。取材用につけ加えたりしてるのかな」

榎田は、そうだとも違うとも言わなかった。

軽く頭を下げ、股下《またした》を測るために跪《ひざまず》く。

「長いつき合いだと、わかるよ。あの雑誌に載っているのは、あなたとは別人のようだ」

「僕が言葉足らずで……お恥ずかしいです」

「君は気持ちのいい人だね」

「え？」

榎田は跪いたまま顔を上げた。

目を細めて笑う三橋氏は、榎田の気持ちはわかっていると言いたげだった。弁解などしなくても、あれが榎田の真の言葉ではないと気づいてくれているのだと思うと、これまで自分がスーツに対して持ち続けていた姿勢を認められているようで救われる気がした。

一貫した姿勢は、どんな言葉よりも説得力があるのだと言われているようだ。

「あの雑誌は定期購読していたんだが、値段が上がったうえ全体的にコンセプトが変わってしまったみたいでねぇ。マニア向けなところが好きだったんだが、お洒落で高級感のある雰囲気になってしまってるんだよ」

「そうでしたか。今は不況ですし、マイナーチェンジは必要なのかもしれません」

「好きなものが違う方向に変わっていくのは、寂しいことだ」

榎田は三橋氏の言葉を他人《ひと》ごとと取らず、心にとどめておくことにした。

いつまでも変わらず、いいものを——。

どんなに自分が変わっても、そこだけは守り通さなければならない。

それから十分ほどで採寸を済ませ、道具を片づけてから大体の予定を確認する。

「では、いつものように仮縫いが終わりましたら、ご連絡いたします」

「楽しみにしてるよ」

「はい。それでは失礼いたします」

榎田は丁寧にお辞儀をし、部屋を出ると夫人に挨拶をしてから屋敷を出た。冬場は日が短いため、外はすっかり暗くなっている。

急に冷えたからか、躰がぶるっとなった。しかし、言い訳などしなくても三橋氏が自分のことをわかってくれていたことが嬉しく、心は温かい。

頬が軽く上気しているのも、そのせいだろう。

(がんばらないと……)

やる気をもらった気がして、榎田は密《ひそ》かに気合いを入れながら車に乗った。そして、さっそく戻って仕事の続きをしようと意気込んで車のエンジンをかけるが、ポケットの中で携帯が鳴った。

かけてきたのは、芦澤である。

「芦澤さん」

『久しぶりだな』

「はい。久しぶりです」

声を聞いただけで、胸が熱くなった。先ほどまで落ち込んでいたのが、嘘のようだ。三橋氏にかけられた言葉に勇気づけられ、今度は恋人がこうして電話をかけてきてくれた。

しかし人間というのは贅沢なもので、急に会いたくなる。

我《わ》が儘《まま》を言いたがる自分を抑えるのに、榎田は苦労した。

「今、出先なんです。これから戻るところで」

『知ってるよ。今日はもう仕事は終わりだ。本庄《ほんじょう》をやった。すぐに来い』

「え……」

見ると、屋敷の外にスーツを着た若い男が立っており、お辞儀をしてから歩道を歩いていった。

確か、元医学生だという舎弟だ。山中で傷の手当てをしてもらったのを覚えている。

「あの……」

『すぐ来い』

本庄が歩いていったほうに車を転がすと、角を曲がった先にベンツが停まっており、本庄が近づいてくる。窓を開けると、まるでホテルのポーターのような慇懃《いんぎん》な態度で頭を下げた。

「お迎えにあがりました。若頭がお待ちです」

「えっと……でも、車が」

「他の者に運転させますので、若頭の車にお乗りください」

木崎を彷彿《ほうふつ》とさせる態度に、思わず素直に従ってしまう。後部座席のドアを開けられると、中には榎田が仕立てたスーツを身につけた芦澤がいた。

美しい獣は、ただ座っているだけでも絵になっている。

隣に乗り込むとほんのりとオーデ・トワレの香りが鼻を掠《かす》め、淫靡な男の匂いに鼓動が速くなった。

会いたいと思っていたら、本当に来た。

ただの偶然にしろ、今の榎田にとってこのタイミングが芦澤に対する想いをいっそう強くさせたのは言うまでもない。それでも、手放しに喜んで抱きついてみせることなど榎田にできるはずもなく、想いはどんどん大きくなっていく。

榎田の容量は、いっぱいいっぱいだ。

これ以上好きになると、入れ物が壊れてしまう。

「今日は時間ができた。俺のマンションに来い」

「あの、一度店のほうに戻らないと……。大下さんに何も言ってないですし」

「今から帰っても、店は閉まる時間だろうが。今日は早めにあがるとじーさんに伝えといた。戸締まりはしておくだとよ」

「え、でも……」

「このところずっとつめ込んで仕事をしているらしいじゃないか」

確かに、この一カ月は仕事に集中していた。無理をしていたつもりはないが、のめり込んでしまうところがあるのは自覚しているため、大下がそう言うのもわかる。

「お店のほうに連絡したんですか？」

「ああ。お前はこうでもしないと、なかなか仕事を切り上げないからな」

「そんなこと……」

「しかし、理解のあるじーさんだな。最近ずっと働きづめで休みを取らせたかったから、たまには強制的に仕事を取り上げて、連れ帰ってくれるくらいがちょうどいいなんて言いやがった。実はただもんじゃねぇだろう」

芦澤にここまで言わせる大下もすごいと思い、クスクスと笑った。

いつも穏やかな笑顔で作業場に座っている職人は、尊敬できる相手でもあり、祖父のような存在でもある。芦澤と敵対する男が所属している組の組長と昔なじみの知り合いだという顔の広いところもある。不思議な人だ。

「もう俺の誘いを断る理由はなくなったぞ」

ふ、と笑う芦澤にじたばたしても無駄だとわかり、観念させられる。

いや、観念したというのは恰好だけだ。こうして強引に攫《さら》ってくれるのを、心のどこかで待っている。まだ男に抱かれることへの羞恥《しゅうち》を捨てられない榎田は、男との恋愛にのめり込んでいく自分に言い訳を与えてくれる芦澤に甘えているのだ。

本当は無理に誘われなくても、飢えた心は芦澤を欲してやまないというのに、いつまでも取り繕わずにいられない。

「ところで、雑誌読んだぞ」

「う……」

「偉そうだったなぁ」

「い、言わないでください」

榎田は前を見たままそれだけ言い、膝《ひざ》の上で拳《こぶし》を握った。そして、目を閉じて芦澤の歯に衣着《きぬ》せぬ台詞をじんわりと噛《か》みしめる。

周りの人間ははっきり言わなかったが、やはり偉そうだと思われるような書き方をされていたのだと改めて認識させられた。はっきり口にされると落ち込むが、現実から目を逸《そ》らさないほうがいい。

「本当に回収しなくてよかったのか?」

「自分の責任ですから」

相変わらずスケールの違うことを言う芦澤に危機感を抱かずにはいられず、きっぱりと言い放った。ここで少しでも頼りにする素振りでも見せようものなら、今からでも動き出しそうだ。

この件は、もう終わったことだと納得しているというのに。

「ところで、諏訪さんの様子はどうなんでしょうか」

「ああ。さすがの木崎も手こずっていやがる。あの淫乱弁護士もたいしたタマだよ」

「それで、後遺症なんかは本当に大丈夫なんでしょうか」

「木崎からその件に関する報告は特にない。まぁ、当分店にも姿を見せないだろうが、お前は待っていればいいんだよ。あいつが店に顔を出した時、お前とあのじーさんが店の奥からヘラヘラ笑って出てくりゃいいんだ」

「ヘラヘラって……そんなに締まりのない顔してないですよ」

拗《す》ねたように文句を言うと、芦澤はククッと喉の奥で笑ってみせた。

わざとふざけた言い方をしてみせたのは、榎田のためだ。ストレートな慰め方ではないが、芦澤らしい言い回しに逆に恋人の気持ちを感じ取ることができ、心が熱くなる。

（そういうところが、好きなんです）

また自分の中で恋人への想いが加速した気がして、榎田は悟られないよう心の中で素直な気持ちを告白してみせた。しかし、まるでそれを見抜いたように芦澤の手が榎田の脚に伸びてきて、愛撫《あいぶ》するように膝の内側をそっと撫でる。

たったそれだけで、オアズケが続いた躰は火を放たれたようになり、自分を抑えられないほど気持ちは高まった。諏訪のことが気になりながらも、恋人から触れられればこんなふうにすぐに反応してしまう自分は、なんて罪深い人間なのだろうと思う。

今頃、諏訪は苦しんでいるかもしれないのに、それでも芦澤に触れられるとどうしようもなく疼いてしまう。

「後ろめたいか？」

「え……」

「諏訪のことが完全に解決しないと、俺に抱かれるのは後ろめたいか？」

こめかみにキスをしながらそっと聞いてくる恋人に、榎田はゆっくりと深呼吸をして自分を落ち着かせようとするが、唇の間から漏れたのは熱い吐息だ。

「それとも、発情する自分が恥ずかしいか？」

蕩《とろ》けるような声で囁かれ、何も考えられなくなる。

「どっちも、です」

「俺は、ここで抱きたいくらいなんだがな」

「ま、待ってください」

自分を引きずり込む誘惑に抵抗しようとしたが、芦澤の手は無遠慮に榎田のスーツの中に入ってくる。熱い手のひらに息をあげながら運転席に目を遣《や》り、理性を保てと自分に言い聞かせる。

「大丈夫だよ。あいつは木崎の穴を埋めてる奴だ。この程度のことで動揺する男じゃない」

「でも……」

たとえそうでも、表に出さないだけで感情はあるだろう。

自分が運転する車の後部座席で、男同士がふしだらな行為に夢中になっていれば、気になるはずだ。尊敬する芦澤の恋人が男でも構わないと思っているのは、山中で傷の手当てをされた時に本人の口から聞かされたが、それでもあの青年の存在を無視できるほど榎田は大胆でもない。

「お前が足りない。今日はたっぷり味わわせてもらうからな」

「芦澤さん……」

お願いだから、これ以上自分を狂わせないでくれ……、と心の中で訴えるが、そんなことをしても芦澤をとめられるはずがない。

「今は全部忘れろ」

「そんな……、――ん……っ」

唇を塞《ふさ》がれ、言葉を奪われた。舌が口内に入り込んできたかと思うと、舌をきつく吸われて口内を蹂躙《じゅうりん》される。戯れに下唇を噛まれ、それだけで榎田は声をあげそうなほど感じた。

目の前には、男の色香を振り撒く危険な獣が自分を見て舌舐めずりをしている。

ベッドまで待ちきれない。恋人が足りないのは自分のほうだと、強く感じた。

欲しいのは、自分のほうだと……。

「うん、……んん、……んぁ、……ぁ」

腕を取られて引き寄せられながら、榎田はバックミラーをチラリと見た。芦澤の言う通り、本庄は鏡越しに後ろを覗《のぞ》こうという素振りすら見せず運転に集中している。

（も……、見られたって、いい……）

我慢できず、榎田は促されるまま芦澤を跨《また》ぎ、向き合った恰好で馬乗りになった。スラックスの上からお互いの猛《たけ》りが擦《こす》り合わされ、たまらず、頭をかき抱いてキスをする。

「うん、んっ、……んんっ、……んぁ、……ぁ、……ふ」

濃厚な口づけは芦澤からの誘いではなく、待ちきれない榎田のほうからねだるように繰り返された。

ここに欲しいかと聞いているかのように芦澤の手が尻を撫で回すと、さらに躰は暴走し、榎田の意思の届かぬところに行ってしまう。

「……ぁ」

欲しい――言葉では伝えることができず、熱い口づけで恋人を促す。

本庄の存在など、頭の中から消え去っていた。


「んぁ……、……はぁ……っ、……芦澤、さ……」

ベッドの上で、榎田は切れ切れの声をあげていた。

全裸になり、深く繋がり合った二人は、会えなかった時間を埋めるように先ほどからずっとお互いの躰を味わっている。

榎田は、芦澤の背中に腕を回して指を喰《く》い込ませた。しっとりと汗ばんだ背中を抱いているだけでも、内側から次々と劣情が湧き上がる。

筋肉を指でなぞり、手のひら全体で撫で回し、芦澤を感じた。

ここに、吉祥天がいるのだ。ここで、自分が芦澤に抱かれるのを見ている――そう思っただけで躰は発熱し、言葉では表現できないほどの快楽に襲われる。

うっすらと目を開けると、天井の鏡越しに慈悲深い眼差《まなざ》しを注ぐ天女と目が合った。

あんな目で見られると、自分の浅ましさをより強く感じてしまう。

彼女は、脚を広げてあそこに男を咥《くわ》え込んで身悶《みもだ》えている榎田を見ていた。見られて恥ずかしいのに、目を離すことができない。芦澤がゆっくりと腰を回すのを見ていると気持ちが昂《たか》ぶり、下半身が疼く。

「んぁ、あ、あ」

なんてはしたない男なのだろうと思った。

見られていると実感するたびに、躰はどんどん熱くなっていく。はしたない姿を見られるほどに、感じてしまう自分をどうすることもできない。

「――あぁぁ……」

あまりの快感に、榎田は次々と甘い吐息を漏らした。こんなことを許すのは芦澤だけだ。芦澤だから、抱かれたいと思う。

肉体的な快感だけではない。心が先に濡れ、震えながら芦澤を欲するのだ。

どんな麻薬よりも強烈な快感を与えてくれる。

「どうした？」

「そんなにイイか？　キュウキュウ締めつけやがって……」

「んぁ……、あぁ……、……芦澤さん……」

余裕のある芦澤に見下ろされると、自分だけが急速に熟れていくことへの羞恥に襲われた。理性を保ったまま、榎田の中に眠る欲望の火種に一つ一つ火を灯《とも》していく芦澤に、このまま自分の身を預けていたらどうなるのだろうと思わされる。

ジリジリと焼かれるような快楽に、躰の震えを、心の震えをとめることができない。欲しくて、浅ましい獣と化すのをとめられないのだ。

まるで毒に侵されているような気分だった。

激しいセックスに狂わされることもあるが、こんなふうに、やんわりと殺されていくように愛されるというのは、また違う。少しずつ自分の中の淫猥《いんわい》な魔物が目を覚ますのを、見せつけられているようだ。どれほど欲深いのか見ておけと、言われているような気がする。

もうどれくらいこうしているだろうか。

榎田の中の芦澤は、まだこれからだといわんばかりに隆々としていた。いつ終わるやも知れぬ交わりに気が遠くなりそうだ。

しかし、終わりなど来なくていい――。

このまま永遠に、命が尽きるまで芦澤と繋がっていたいとすら思う。

体力は限界にきているというのに、欲は深くなる一方だ。

「——はぁ……っ、あ、あっ！」

「どこがイイんだ？」

「あぁ、……はぁ、……芦、澤さ……、……はぁ、……助け、……芦澤、さ……、助け……」

体力がもちそうになく、榎田は何度も赦《ゆる》しを乞《こ》うが、そうすればするほど自分を追いつめているのだというのもわかっていた。

「ここも、可愛がって欲しいんじゃないか？」

屹立《きつりつ》の先の小さな切れ目に指をねじ込まれ、新たな快楽の予感に躰は電流を流されたようにビクビクと反応する。

「あ！」

「こっちも欲しいか？」

「ぁあっ！」

「こっちも、苛《いじ》めて欲しいか？」

舌舐めずりをする芦澤に、心が蕩けた。

この獣になら、喰われてもいい。いや、喰われたいのだ。

骨の髄までしゃぶり尽くすような濃厚なセックスで、苛めて欲しい……。

「芦澤、さ……」

「今日はこれしかないが、贅沢言うなよ」

どこに隠し持っていたのか、芦澤は取り出した綿棒をべろりと舐め、先端の小さな切れ目にあてがった。溢《あふ》れる先走りを中に押し戻すように、ゆっくりと挿入していく。

「や、……ぁ……、や……っ、……はぁ……っ、あっ、んぁあ……っ！」

何度も広げられたそこは、いとも簡単に綿棒を呑《の》み込んでしまった。異物感が榎田をジワジワと内側から責め苛《さいな》む。

「もう一本だ」

続けてもう一本あてがわれ、挿入された。

「ぁあ、あ、……や……、……ぁあ……」

後ろに逞《たくま》しい芦澤の男根を咥え込まされたまま、前を少しずつ拡《ひろ》げられる悦《よろこ》びといったらなかった。こうして徐々に覚醒《かくせい》させられていく。

さらにもう一本、綿棒を埋め込まれると下半身が蕩けた。

前も後ろも、いっぱいに拡げられている。

「んぁ……、……ふ、……ぁ……、……はぁ」

「ここまでにしといてやる」

「んぁ、……はぁ、……っく、んぁ、……芦澤、さ……」

涙が目尻から落ちて、こめかみを伝って落ちた。息が上手くできない。敏感になりすぎた躰は、ちょっとした刺激にすら反応してしまう。

「震えるほど、気持ちいいか？」

「芦、……はぁ」

「うさぎみたいに震えてるぞ」

「ぁ……っ、……やめ……、そんな、こと……、な……」

「そんなことあるさ」

「ん……」

耳朶《みみたぶ》を噛まれ、声があがる。

うさぎみたいに――なんて恥ずかしいことを言うのだろうと思った。榎田が恥ずかしがるのをわかっていて、芦澤がわざとそんなふうに言ってみせているのだ。そんな恋人の策略に嵌《はま》るまいと両手で耳を塞ごうとするが、手首を摑まれて優しく引き剝《は》がされる。

そして、当てつけるようにもう一度言われた。

「目に涙をためて震えてるお前は、うさぎみたいだ」

「――ぁ……っ」

手首の内側をベロリと舐められ、ゾクゾクっとした快感に襲われた。さらに歯を立ててそこを噛む恋人に、榎田はただ身を差し出すことしかできない。抗《あらが》おうとしても、もう躰に力が入らないのだ。

「このまま、喰っちまいたいよ」

そう言ってまた手首を甘噛みする芦澤を見ながら、ずぶずぶと悦楽の中に引きずり込まれていくのを感じた。躰中に歯を立てられ、微かな痛みに身を震わせるのをどうすることもできない。もう、楽になりたいと思うが、同時にもっと欲しいと思ってしまう。もっと、自分を狂わせて欲しいと切望してしまう。

支離滅裂だ。

「今日は、ずいぶんとノッてるじゃないか」

わざとゆっくりと腰を回し、からかうようなことを言う恋人が心底恨めしかった。激しく突き上げて欲しいのに、わざと焦らしている。けれども、そんなやり方が自分の劣情を煽《あお》っているのも十分にわかっていた。

自分をこんなにはしたない男に変えてしまう人間は、芦澤しかいない。芦澤だからこそ、こんなに昂ぶってしまう。

「足りないか？」

「んぁ、あ、あ、あ……っ」

榎田は背中に回した腕を腰へと移し、そこへ指を喰い込ませた。

いやらしい腰の動きを手で確かめ、自分を攻める芦澤を躰全部で味わわずにはいられない。

「はぁ……っ、んぁ、あっ」

頭がぼんやりとしてきて、次第に手に力が入らなくなっていった。縋《すが》りつくこともできないほ

ど蕩かされている。

指を嚙まれたかと思うと、汗ばんだ背中を芦澤の指がツ……、と撫で上げた。

「あ！」

「んぁ……っ！」

思わず、躰をのけ反らせる。

汗ばむ季節はもうずっと遠くだというのに、ジリジリと焼かれるような熱さに身を焦がし、腰を浮かせて快楽の在り処《あか》を探した。

もっと深く、もっと強く愛して欲しいと躰がねだる。それ以上に、心が芦澤を求めていた。

「芦澤さ……、も……、……もう……っ」

「限界か？」

膝を抱え上げられて躰を小さく折りたたまれる恰好になったかと思うと、芦澤はリズミカルな動きで榎田を翻弄し始めた。急激な変化についていけず、突き上げられるまま声を漏らすだけだ。

頭の中までシェイクされるような、激しい腰つき。イッていいぞと、恋人の息遣いが訴えている。

芦澤もまた、限界を迎えようとしているのがわかった。

「んぁ、あっ、……っく、んぁ、ぁあっ、あ、あぁ、――ぁあー……っ！」

イく瞬間、綿棒を引き抜かれ、ズドンと大砲でも撃ち込まれるかのように突き上げられると、榎田は下半身を軽く痙攣《けいれん》させながら芦澤の迸《ほとばし》りを躰の奥で受けとめた。

奥に感じる恋人の熱に、震えがとまらない。

放ってもなお隆々としている芦澤は、しばらく榎田の奥でその存在を誇示していたが、ゆっくりと出ていく。

「いい反応だったぞ」

芦澤の満足げな台詞にそっと視線を上げると、目が合った。あまりに美しい獣に見惚《みと》れていたのがいけなかったのか、芦澤は危険な笑みを口許に浮かべる。

「どうした？　まだ足りないか？」

「そんな……──ん……っ」

唇を重ねられたかと思うと、再び伸しかかられた。首筋を指の甲でなぞられ、肌がジンと痺《しび》れてしまう。それは榎田を再び愉楽の海に引きずり込んでしまい、もう十分というほど愛されたはずなのに、さらに時間をかけて貪《どん》欲《よく》な自分を思い知らされるのだった。


「ああ、本庄か。あと五分と言っただろうが。……わかってるよ」

遠くのほうで、声がしていた。

目を開けると、芦澤がスーツの上着を羽織りながら電話の内線で舎弟と話をしているのが見える。榎田はベッドに横になったまま、それをぼんやりと眺めていた。

すぐに起き上がる気にはなれないのもそうしている理由の一つだが、何よりこうして下から見る恋人は男っぽい魅力に溢れていて、見惚れてしまっていたのだ。

いつまでも眺めていたいと思ってしまう。

「いいからドアの前で待ってろ。お前、木崎に似てきたぞ」

そう言って電話を切った芦澤は、まだベッドから起き上がれずにいる榎田の横に座り、頭に手を伸ばしてきた。髪を梳《す》かれるのが心地よく、目を閉じてしばらくされるに任せる。

「そろそろ行くぞ。うるさいのがいるんでな。お前はあとで送るように言っておく」

「自分で帰れます」

「そうか……」

無理に送ろうとしないところに、芦澤の優しさを感じた。

榎田の意思を尊重してくれているのだ。こういうところがあるからこそ、男を捨て、自分をすべて預けられる。

手はしばらく髪の毛を梳いていたが、躰のラインをなぞるように下に降りていき、太腿の内側に彫られた刺青に触れた。

「お前の龍が、俺に嫉妬《しっと》してる」

「あの……」

「俺が彫らせたもんだが、お前の肌になじみすぎて、あんまりお前を苛めると喉笛に喰らいつかれるような気がするよ」

「そんな……」

「本当だ」

芦澤の手のひらは、しばらく榎田の龍を撫でていた。まるで『お前を彫らせた俺は、もう一人の主《あるじ》だ』と教えるように、ゆっくりと優しくさすっている。唸《うな》り声をあげながら牙を剥いていた龍は、芦澤から『自分の恋人を守れ』と命令されたことを思い出してその牙を収めるのだ。

榎田の脳裏には、そんな光景が浮かんでいた。

「お前の部屋の天井にも、鏡を嵌《は》め込んでやってもいいぞ」

「え？」

「手で何度も背中をなぞっていた。俺の刺青を見ながらセックスするのが好きなんだろう？　電話でもそんなことを言っていた。どうせなら家ごと改築してもいいが、思い出がつまってるだろうからな」

「い、いえ、鏡は結構です」

ごく普通の作りの家の天井だけが、芦澤のマンションのようにゴージャスな鏡張りになっているところを想像して顔が熱くなった。

芦澤ならやりかねない。

「気が変わったら、いつでも言え」

「変わらないと思います、たぶん」

自信がないのが声に表れていたのだろうか。榎田の返事に、芦澤はクスッと笑った。榎田はのろのろと起き上がり、その背中に手を伸ばす。

今はスーツの下に隠れて見えないが、ここにあの美しい天女がいるのだ。どんなに嫉妬しても芦澤とは切り離せない存在。時々憎らしく思うこともあるが、それでも美しいと思う。

榎田は、芦澤の背中に唇を這わせたい衝動に駆られた。

「どうした？」

「いえ」

このままでは我が儘を口にしそうだと、榎田は名残惜しいという自分の訴えを押し殺して、恋人の背中から手を離した。

「もう行く時間でしょう？」

「木崎二号が待ってるからな」

その言い方がおかしくて笑うと、芦澤の手が伸びてくる。

「唇が赤いぞ」

「！」

顎《あご》に手をかけられて上を向かされ、親指の腹で下唇を押しつぶされた。ゆっくりとなぞられ、促されるように微かに唇を開く。

「ぁ……」

こんなふうにされると、なんとか抑えている感情が再び暴れ出しそうだった。聞き分けのいい自分を保つのが大変だというのに、恋人はこんなふうに煽ってみせる。

なんて憎らしいのだろうと思わずにはいられない。

「どうした？」

「いえ、別に」

「俺の背中を舐めたいか？」

「……っ」

深い色を湛《たた》えた眼差しを注がれ、うっとりとなる。極道らしい激しい一面を見せられることもあれば、こんなふうに見つめられることもあるのだ。

口づけの予感に目を閉じるのと同時に、唇を塞がれた。

「うん……っ、ん、……ん」

たっぷりと唇を吸われ、榎田は夢見心地で芦澤のキスを味わった。唇を離された時には、酸素が少し足りなくなっており、軽い目眩を覚える。

「誘うな。名残惜しくなる」

困った奴だといわんばかりの顔をされ、なんと答えていいかわからなかった。そんな榎田に、恋人は唇を押し当てるだけのキスで締めくくり、裏の世界へと戻っていく。

「また連絡する」

「はい」

芦澤を見送ると榎田は急激な睡魔に襲われ、甘ったるい幸せの中で目を閉じるのだった。


榎田のところへカメラマンの立野が再び姿を現したのは、芦澤のマンションから帰ってすぐのことだった。

芦澤の部屋で軽くシャワーを浴びていたが、寝る前に湯船に浸《つ》かりたくて風呂《ふろ》に入った。パジャマに着替えてくつろいでいるところでチャイムを鳴らされ、紅茶でも飲もうと湯を沸かしていた榎田は、いったんコンロの火をとめて玄関に向かった。

「はい、どちらさまですか？」

こんな遅い時間に来客など滅多にない。もしかしたら、最近ずっと顔を見せていない友人かと思ったが、ドアの前に立っていたのが諏訪とは似ても似つかない男だったとわかった時は、少し落胆した。

「あ……確か、カメラマンの……」

「立野です。覚えてます？」

さして親しくもない人の家を訪ねるには非常識な時間だというのに、そのことについて立野は何も言わなかった。

馴れ馴れしいのは取材の時からだったが、今日はさらに砕けた態度で接してくる。長年の知り合いのように振る舞う男に、多少の戸惑いを感じながらも、榎田は玄関の中に立野を入れた。

すると、勝手に部屋まで上がり込んでくる。

「あの……何かご用ですか？」

「ちょっとね、大事な話があるんですよ。そうだ、雑誌の記事、好評でしたよ」

「それは、よかったです」

「第二弾がある時は、また榎田さんに取材を申し込もうって森住が張り切ってました」

「そうですか。でも、もう取材はお受けしないつもりです。あの……大事な話って」

「喉渇いたな。何か飲ませてもらえます？　ビールとかあったら嬉しいけど」

いくらなんでも図々《ずうずう》しい行動に、榎田は顔をしかめた。遅い時間にやってきて、部屋まで上がり込んだかと思えばビールを出せ、だ。

「すみません。アルコールは常備していないので」

「ああ、そうなんだ。酒飲んだほうが、切り出しやすかったんだけどね。ま、いいか。なんでもいいですよ」

仕方なく、先ほど沸かしかけていたお湯をもう一度火にかけ、紅茶を淹《い》れて持っていった。我ながらお人好しだと思うが、立野のこの行動の裏には何かあるような気がして、叩《たた》き出す気にはなれない。

「切り出すって、何か言いにくいことでも?」

「ちょっと、お金を貸してもらえないかと思って」

「……え?」

突然、何を言い出すのだろうと、榎田は自分の耳を疑った。

聞き違いか、それともこの男はすでに酔っているのか——。

さして親しいわけでもなく、たった一回取材で写真を撮られただけだ。編集者の森住とは何度かやり取りをしているが、それでもお金の貸し借りの話ができるほどの仲ではない。

なんと言っていいのかわからず、榎田は返事に困っていた。すると、立野は自分が何を言っているのかちゃんととわかっているとばかりに、榎田をじっと見ながら紅茶に口をつけた。

「まぁ、聞けよ」

カチャ、とカップをソーサーに置き、ニヤリと笑う。

「あんた、ヤクザとつき合ってんだって?」

「!」

「真面目《まじめ》そうな顔してるけど、人間って陰で何やってるかわかんねぇもんだよなぁ」

なぜそのことを……、と言いかけたが、榎田はハッとなり、急いで作業場に向かった。二箇所あるコンセントを見て、見慣れないコンセントプラグが挿してあるのに気づいてそれを抜き取る。

取材の日、立野が無断で作業場に上がったことを思い出し、単に不躾《ぶしつけ》な男だったわけじゃなかったのだとようやく気づいた。

これを仕掛けるために、あんな真似をしたのだ。

人の気配に気づいて後ろを振り返ると、立野が自宅へ通じるドアの前に立ち、腕を組んだまま勝ち誇ったように笑っていた。

「そう、それ。今はネットで便利な物が買えるんだよね」

「どうして……」

「いろんな店を取材してるとさ、時々あくどいことをやってるのがいるんだよ。ミミズバーガーなんて昔流行《はや》っただろ? ただの都市伝説だけど、ああいう話に負けないくらいえげつないことやってるところもある」

榎田は呆《あき》れてすぐに言葉が出なかった。

この男は、取材でどこかの店を訪れるたび、その裏側を知るために盗聴器を仕掛け、世間に公表したら信用を失うことをしている店を相手に脅迫して金をせびっていたのだ。

後ろ暗いことをしている店にも問題は大いにあるが、それをネタに金を強請《ゆす》っていいということにはならない。

なんて卑劣な男なんだろうと、怒りで手が震えた。

「それで、取材のたびにこうやって店に盗聴器を仕掛けてるんですね」

「ま、そういうこと。あんたの店は良心的だったけど、まさか別の秘密があるとはね……。こんな秘密が表沙汰になったら、困るのはあんただろう？」

「こんなことをして恥ずかしくないんですか？」

「なんとでも言ってくれ。これをあんたのお得意さんに配って回ってもいいんだぞ。調べようと思えば、あんたの店の顧客が誰なのかくらい、すぐにわかる」

立野は嫌な笑みを見せ、ポケットの中から小型のレコーダーらしき物を取り出し再生してみせた。

『芦澤さんの刺青が、見たいです。芦澤さんの刺青を見ながら、抱かれたい。ずっと躰を疼かせて待ってますから、早く仕事を片づけて、会いに来てください』

芦澤との電話の会話だ。

芦澤との関係を恥じてはいないが、こうして自分の声を聞かされると、世間的には異常なことなのだろうというのがわかる。男が抱いてくださいと口にしたら、誰もが顔をしかめるに違いない。特に年配の人には、受け入れがたいことだろう。

「刺青ってことは、相手がヤクザだってのは想像できた。ご丁寧に名前まで言ってくれたもんだから、あんたの男の恋人ってのが誰なのか、すぐにわかったよ。尾行して調べるまでもなかった」

榎田は、何も言えなかった。

尾行していたら、芦澤の舎弟に見つかっただろう。そうなっていたら、有無を言わさず連れ去られて、ひどい目に遭ったかもしれない。

身を案じてやるような相手ではないが、それでもそんなことにならなくてよかったと思ってしまう。

「何が望みですか」

「だから、お金貸してくれって言ってるだろ」

榎田は何も言わず、立野をじっと見るだけだった。

こんな真似をする人間が、貸したお金を返すはずがない。間違いなく金をよこせと言っているのだ。万が一の場合を考え、脅迫にならないように予防線でも張っているのだろう。

「もし、俺になんかあったら、俺の代わりにこれをあんたの得意先に配って回るよう手配してるんだ。だから、芦澤って男の恋人には、この件は相談しないほうがいい」

「いくら欲しいんです？」

「一千万」

「一千万なんて……」

「そのくらいあるだろ。なければどこかで用立ててくればいいんだからさ」

本当に仲間がいるのか疑わしかったが、今は言う通りにするという姿勢を見せるしかない。

榎田は腹を括《くく》ったと立野に思い込ませるため、軽くため息をついてみせた。

「わかりました。なんとかします」

「物わかりがよくて安心したよ。それが利口ってもんだ」

立野は立ち上がり、「ご馳走《ちそう》さま」と言ってから部屋をあとにした。それを追いかけ、立野が家を出ていくと、鍵《かぎ》をしっかりかけてからリビングに戻る。これが夢ではないことを確認するように、立野が口をつけたカップをじっと見る。

紅茶はすでに冷えており、琥珀《こはく》色の液体が静かに榎田の顔を映し出している。

「なんてことだ……」

榎田はソファーに座ると、頭を抱えた。

まさか、取材を受けたことによってこんなことになるとは思わなかった。一千万なんて、そう簡単に準備できるものではない。

けれども準備しなければ、本当にあのテープをばら撒かれてしまうだろう。それがたとえあの男にとって一銭にもならないことであったとしても、腹いせくらいするに違いない。

榎田は恋人のことを考えた。

まだ芦澤と愛し合った感触が肌に残っている気がして、自分の腕をゆっくりと撫でる。

芦澤に相談すれば、間違いなく解決してくれるだろう。

けれども榎田は、芦澤を頼ることに躊躇《ちゅうちょ》せずにはいられなかった。榎田のためなら、芦澤はなんでもするに違いない。

もし、榎田を脅迫したということが知れたら、立野はヤクザの恋人を脅迫したことを心の底から後悔することになるのは明らかだ。

死を以《もっ》て償うことになるかもしれない。

けれども、あの男の心配をしているのではなかった。自分に何かあったら、と立野は協力者がいるようなことを仄《ほの》めかしたが、そんな保険をかけなくても、このことを恋人に言うことはできないだろう。

なぜなら、芦澤が自分のために罪を犯すのが耐えられないからだ。榎田を守るために、刑務所に送られるようなことがあってはいけない。そんなことはさせない。

榎田は作業場に行き、ドアのところから中を見渡した。

長年親しんできた道具たち。子供の頃の思い出も、たくさんつまっている。

大下が優しい笑みを浮かべながら作業をしている姿が、目に浮かんだ。いつも優しく見守ってくれる、祖父のような職人。自分なんかの下で働かせていいのだろうかと思ってしまうほど、人としても職人としても、尊敬できる存在だ。

榎田はいったん自宅に戻ると、パジャマを脱いで普段着に着替え、再び作業場に戻った。そして、作業途中のスーツを出しておもむろに仕事を始める。

ちょうど仮縫いあとの補正が終わり、今日から本縫いに入る予定だったものだ。

ひと針ひと針、心を込めて縫っていく。何年も同じことを繰り返してきたが、まだまだ腕を磨かなければといつも思う。

夜は更けていくが、それでも榎田はやめなかった。何時間経とうが作業の手をとめることができず、時間を忘れて仕事をする。

集中している時というのは、不思議と眠気は起きない。榎田の父も、時々こんなふうに夜中まで仕事をしていたのを知っている。まだ子供だった榎田は、今回こそは最後までつき合おうとしてできなかった。

朝、母親に起こされて作業場に行くと、寝る前に見たのと同じ姿勢で父親は針を持っていたのだ。変わっていたのは、スーツが仕上がりにずいぶんと近づいていることだけだった。

昔はそれが信じられなくて、眠らないでも平気な魔法の薬をこっそり飲んでいるんじゃないかと母親に聞いたものだ。そして、そんなに根をつめなければならないほど、急ぎの仕事を迫られて大変なんじゃないのかと心配することもあった。

だが、今はわかる。時間を忘れて作業をすることは、決して納期だけの問題ではない。

ここまでと決めていてもやめられない。スーツへの思いが、榎田を駆り立てるように仕事へ没頭させるのだ。仕事をしていて、一番幸せな時でもある。

どのくらい経っただろうか。物音がして心臓が跳ねた。

「おや、もう仕事を始めていたのですか?」

顔を上げると、大下がいた。

夜中から始めて数時間。眠っていた世界が活動を始め、外から聞こえてくる音はすでに活気づいていたというのに、榎田はまったく気づかずに作業をしていたのだ。時計を見て、初めてそれを知る。

もしかしたら、一枚でも多くのスーツを仕立てて納品したかったのかもしれない。自分の仕上げたものを試着して、満足げな顔をする客の顔を見たかったのだろう。

「大下さん……」

「どうかされましたか?」

店の鍵は大下も持っているが、榎田がいる時は先に店を開けて待っているため、いつもと違うと気づいたようだ。

「ええ。ちょっと眠れなくて、仕事をしてました」

「それは、昨日午前中に補正を終えたばかりのスーツでは? もうそんなに進んでいるのですか?」

「ええ。ちょっと集中しすぎちゃって」

「おやおや。そんなことでは躰を壊してしまいますよ。では朝ご飯もまだでしょう?」

「はい。そういえばさすがにお腹が空いてきました」

「それなら軽くおかゆでも召しあがって、一度お休みください。私がここで作業をしていますから、お店は任せて」

大下の笑顔を見ていると、素直にそうしようという気になることができた。他人を甘えさせるのが上手い。その好意を素直に受けようと思わされる。

「じゃあ、すみません。お言葉に甘えてそうさせてもらいます。何かあったら……」

「はいはい。叩き起こしに行きますから、安心して」

穏やかな大下が『叩き起こす』なんて言い方をするものだから、榎田は思わず笑った。似合わないが、意外に実行しそうな気もする。

「じゃあ、お願いします」

榎田は、そう言い残して自宅へ戻った。最後に大下に対し申し訳ないと思いながら、作業を始めるその背中を一度だけ振り返る。

(本当に、すみません)

榎田は、ある覚悟をしていた。

立野の脅迫に屈するつもりはない。

たとえお金を用意できても、一度で終わるはずがない。榎田が破産するまで、理由をつけて繰り返し金の無心をするだろう。それなら、初めから断固として断るべきだ。

しかし、芦澤に相談しないという気持ちも変わらない。

自分の不注意のせいで、芦澤の手を汚させるなんてできない。

脅迫に応じないことで、自分の恋人が男で、しかも極道という事実を得意先に知られるかもしれない。店をたたむことになるかもしれないが、ばら撒きたいならいくらでもばら撒けばいいと思っている。

極道を恋人に持ったのは、自分なのだ。自分で自分を否定するのは、芦澤をも否定することと同じだ。そんなことはしたくなかった。極道を恋人に選んだ瞬間から、こういった危険もある程度覚悟していた。

ただ、店の名前を汚し、大下のような職人にまで迷惑をかけてしまうかもしれないと思うと、心が痛かった。ずっと自分をフォローしてきた大下に対し、恩を仇で返すような真似になるのではという思いもある。

それでも、もう決めたのだ。決意は変わらない。

一晩眠らずに作業をした疲れが今さらのごとく伸しかかってきて、おかゆを作って食べる気力すらなく、スイッチが切れるようにベッドに倒れ込んだ。

「なんだと？」

榎田の返事を聞いた立野は、信じられないとばかりに目を見開いた。

カフェで待ち合わせをしたのは、大下に気づかれてあらぬ心配をかけたくなかったからだ。この男は、榎田が金を用意していないとわかれば、多少暴れるくらいのことはするかもしれない。

大下に怪我をさせる可能性もあるため、こうして外で待ち合わせた。すでに冬支度を終えた街には、コートを着て歩く人の数も増えている。

風は冷たいが、店の中は十分に暖房が効いていて、雲の多い外の景色から感じる寒さとは無縁だった。また、今年のファッションの流行りなのか、女性たちが身につけている物にはビビッドなカラーをアクセントにしたものが多く、いつもより華やかな感じさえする。

年末に向けての商戦も盛り上がりを見せており、不景気とは思えない活気が感じられた。

「もういっぺん言ってみろ」

「ですから、お金は用意していません。あなたの脅迫には応じられません」

「お前の顧客に触れ回っていいのか？」

「ええ、お好きなように」

「仕事がなくなってもいいのか？」

「それで仕事がなくなるなら、仕方のないことだと思ってます。でも、あなたのような人の言いなりになるよりマシです」

「貴様……っ」

派手な音を立てながら椅子《いす》から立ち上がった立野に胸倉を摑まれ、ねじり上げられる。

店の客が一斉に二人に注目し、アルバイトらしき店員も驚いた顔をしたが、誰も次の行動に移そうとしない。次に何が起きるのかと、遠巻きに見ているだけだ。

「てめぇ、自分が何言ってるかわかってんのか？」

「わかってますよ」

榎田は椅子に座ったまま、立野を見上げた。

不思議と怖いという感情はない。人目があっても殴るくらいのことはしそうだが、怖くないのだ。暴力が嫌いで、荒事にも慣れていない榎田だったが、芦澤の恋人になってからは非現実的なことも多く体験してきた。

本物の虎に襲われたのは、つい数カ月前のことだ。

もしかしたら、耐性ができてしまっているのかもしれない。

「どうせ僕がお金を払っても、あなたはまた同じことをするでしょう？　データなんていくらでも複製できますし、お金がなくなったらきっと無心に来る」

「じゃあ、本当にこいつをお前の客にばら撒くぞ」

「ええ、どうぞ。いくらでもばら撒いてください」

「店がつぶれてもいいのか?」

「いえ。正直それは困ります。大事な店ですし。でも、あなたの言いなりになるつもりはありません。結果的にそうなっても、仕方ないと思います」

榎田はきっぱりと言い放ち、自分の胸倉を摑む手を見てから立野をまっすぐに見据えた。視線で『手を離せ』と訴えると、立野は力を緩める。

「じゃあ、僕はこれで」

榎田はその手をゆっくりと払いのけ、乱れた衣服を整えてから伝票を持ってレジに向かった。そして、立野のぶんも一緒に払ってから店を出ていく。

(少しは、極道の恋人らしくなったかな……)

意外にあっさりと引き下がったのに拍子抜けし、軽くため息をついた。

そして、芦澤の声が無性に聞きたくなり、歩きながら電話をかける。多忙な恋人に自分から電話をかけるなんて滅多にないが、今日はなぜか自分をとめられなかった。

「もしもし?　僕です」

『めずらしいな。どうした?』

いつもと変わらない芦澤に、思わず笑みが漏れる。

こうして耳元で声を聞いているだけでも、心が熱くなった。この男が自分の恋人なのだと確かめるような気持ちで、電話から聞こえてくる声に耳を傾ける。

「いえ。特に用事はなかったんですけど、声が聞きたくて……。今、電話大丈夫ですか？」

『ああ、お前がかけてきてくれたんだ。大丈夫じゃなくても切ったりしない』

「ちょっと用事で、街に出てました」

『そうか……』

榎田は気取られないよう、たわいもない話をした。

もし店をたたむことになったら、芦澤の専属テーラーになれなんて言われるかもしれない。それも一つのあり方だ。芦澤だけのためにスーツを作る人生も悪くない。

けれどもどこかで、そんな日々はもっと先のほうでいいと訴える自分がいるのだ。

芦澤をこんなに好きなのに、まだこの仕事を続けたいと思っている。もっとたくさんの人に、自分だけのために作られたスーツのよさを知ってもらいたい。そして、榎田自身もっと腕を磨いて、より上を目指したいのだ。

『仕事は順調か？』

「はい」

『また俺に似合う生地を探しておけ』

「もちろんです」

芦澤は傲慢な帝王だが、榎田はそれ以上に自分は我が儘で贅沢な男なのかもしれないと思った。

すごい物音に叩き起こされて榎田がベッドから飛び起きたのは、その日の夜のことだった。

枕元《まくらもと》の時計は夜の二時を表示しており、物音は店のほうからだと気づいた榎田はすぐさまそちらへ向かった。

(何……っ!?)

ドアの前まで来たが、その向こうから男たちの怒号が聞こえてきて、ここは逃げるべきだと思い、踵《きびす》を返して携帯を手に取って玄関に向かった。警察に連絡しようとするが、玄関を出ようとしたところで呼びとめられる。

「あのっ、榎田さんっ!」

「――っ!」

作業場のほうから家に入ってきたのだろう。二階からスーツを着た若い男が下りてくるのが見えた。

「自分です。本庄です」

「ほ、本庄さん」

慇懃な態度で頭を下げる本庄を見て、ようやくホッと胸を撫で下ろす。しかし、すぐには事態が呑み込めず、戸惑いを隠せずにはいられなかった。

「驚かせてしまって申し訳ありません」

「何があったんですか？」

「はい、自分らは若頭の大事な方をお守りするよう言われておりました。それで、店を見張っていたのですが……」

二階から足音が聞こえ、本庄の後ろを見ると、立野が他の舎弟たちに連行されてくるところだった。両脇《りょうわき》を固められて、こちらへ引きずられるように歩いてくる。

「これは、どういう……」

「この男は、店に侵入して窃盗を働こうとし、しかも火までつけようとしてました。取り押さえましたので無事でしたが。証拠を押さえようとしたのが間違いだったかもしれません」

己の失態を詫びるように、深々と頭を下げる。

けれども、結果的に立野を取り押さえてくれ、事なきを得たのだ。それを言うと、本庄はまた深々と頭を下げる。

「それであの、いつから僕のことを……」

「若頭の携帯に電話をされたでしょう？　あのすぐあとからです。何かあったと気づかれたようで……。ところで、この男は？」

「立野さんです。カメラマンで雑誌の取材の時に……」

「そうですか」

上手く隠しておいたつもりだが、芦澤にはなんでもお見通しなのだと思わされた。

お手上げだ。男としての差を見せつけられた気がするが、ここまでくると笑うしかない。もう十分すぎるくらい心を奪われているのに、これ以上好きになれというのかと、心の中で芦澤に問う。

「一応、なくなった物がないか、店のほうを確認していただけますか？」

「はい、わかりました」

本庄たちが立野から奪い返した荷物を持って店に戻り、なくなっている物がないかすべてチェックした。

金目の物以外にも、仕立てている途中のスーツや型紙、ビンテージ生地などもある。顧客名簿まで入っていたのには驚かされた。さらには、かぎ裂きの補修で預かっていたスーツも入っている。

金にはならないが、嫌がらせのつもりだろう。

なんて卑劣な奴だと、さすがの榎田も怒りの感情を抑えられなかった。預かっていたスーツをなくしたなんてことになれば、店の信用はガタ落ちだ。長年大事にされてきたものが自分のせいで台無しになったかもしれないと思うと、本庄を差し向けてくれた芦澤に心から感謝した。

榎田はすぐにアイロンをかけ、おかしなところはないかチェックする。

すべて終わるまで、本庄たちはひとことも口を出さず、躾《しつ》けられた犬のように黙って榎田の作業が終わるのを待っていた。

「大丈夫です。特に問題はありません」

「では、若頭のマンションへどうぞ」

「警察には……」

「いえ。ここは若頭に任せてください。そう言われてますので、お願いします」

榎田は躊躇せずにはいられなかった。

立野への怒りはあるが、榎田に対してこんなことをしたとわかれば、ただじゃ済まないだろう。

自分がとめたからといって、そう簡単に引き下がるとも思えない。

「放せ……っ、俺に何かあったら、仲間が……っ！」

「本当に仲間がいるかどうかは、お前に何かあった時にわかる」

「――っ」

本庄がなんでも知っているとばかりに言うと、立野はようやくおとなしくなった。

「おい、連れていくぞ」

「さっさと来い」

「……っ、待ってくれ、こんなところに……っ」

「てめぇはここで十分だ」

立野はトランクにつめ込まれ、榎田は別の車に乗せられて芦澤のマンションに向かった。

「若頭がお戻りになるまで、少し時間があります。あの男は自分たちがちゃんと見張っていますので、どうか仮眠を取られてください」

「でも……」

「寝られないですか?」

「いえ、そんな……」

芦澤のマンションに着くと、立野はどこか別の部屋に連れていかれたようで、榎田はいつもの部屋に通された。寝るよう言われたが、緊張のせいか眠気はまったく降りてこない。

途中、本庄が来て眠れない榎田のために温かい飲み物を持ってきてくれたが、それも深い眠りを誘うことはなく、二時間ほどしてから芦澤が戻ってくるまでソファーでうとうとしただけだった。

「待たせたな」

「芦澤さん……っ」

「あいつらからの報告は聞いた。俺に黙ってケリをつけようとしたな」

榎田は何も言えなかった。自分が芦澤の立場なら、水くさい恋人に落胆するかもしれない。

「す、すみません。でも、いつも芦澤さんを頼ってばかりなので」

「わかってるよ。お前がおとなしく俺に囲われてるだけの男じゃないってことは、最初からわかってる。……ったく、手の焼ける恋人だよ」

頭に手を回され、髪の毛にキスをされた。躰がジンとなるが、甘い雰囲気に浸っていられる状況でないのも十分承知していた。

芦澤は、立野をどうするつもりなのか——。

立野より芦澤を心配する気持ちが、榎田の心に不安を呼ぶ。

そんな榎田の心配をよそに、立野が両側を固められた状態で連れてこられた。見た限り暴力は受けていないようで少し安心したが、まだ気は抜けない。

この男がどう出るかで、芦澤の態度も変わるだろう。

「お、おい、俺を……どうする気だ?」

これから何をされるのかと身構え、言葉をつまらせながら立野はなんとかそれだけ言った。

「お前、極道の恋人を脅迫するんて、たいした根性だな。それとも、単に馬鹿なだけか?」

「……っ」

芦澤が足を踏み出すのと同時に、榎田はすぐにその前に立ちはだかる。

「あ、芦澤さん。待ってください」

「まだこいつを庇《かば》うのか?　お前の店に火までつけようとした男だぞ」

「違うんですっ、僕が心配してるのは、この人じゃない。芦澤さんのほうです。こんな人のために、芦澤さんが警察に捕まるようなことになるのが嫌なんです」

「捕まるわけがないだろう。俺を誰だと思ってる」

「捕まらなくても、こんな人のために法を犯すようなことをして欲しくないんです」

必死で訴えると、目を細めて笑った。

胸が締めつけられるような、色気のある表情だ。芦澤の視線に晒《さら》されているだけで、躰が熱くなる。改めて、恋人を失いたくないと強く思った。

こんなことのために、芦澤の手を汚すことになるなんて絶対に嫌だと……。

「そういう可愛いことは、二人きりの時に言え」

顎に手を添えられて上を向かされたかと思うと、軽くキスをされた。唇が離れた瞬間、『いいから黙って見ていろ』という目をされ、言いかけた言葉を呑み込む。

「こいつがお前を殺すなって言ってる。俺の恋人は堅気なんでね、お前のような蛆虫《うじむし》でも、大事な命なんだとよ」

タバコを咥えて火をつけると、芦澤は榎田をそっと押し出すように舎弟たちのいるほうへ誘導した。促されるまま少し離れたところから、成り行きを見守る。

「お前のことをちょっとだけ調べさせてもらった」

「俺の、ことを……?」

「婚約者がいるんだろう? 社長令嬢なんて、お前みたいなロクデナシにしちゃあ、上物だ。相手の親は反対してるらしいじゃないか」

「そ、それは……っ」

「結婚前に、借金を返しておきたいって気持ちはわかる。今は女が親を説き伏せてるが、一千万近くの借金抱えてるロクデナシとわかれば、さすがに親は黙っちゃいないだろうな」

榎田は驚かずにはいられなかった。

ここに来て、まだ二時間ほどしか経っていない。その間に、立野の身辺をすべて調べ上げたのだ。どういう情報網を持ってるのだと、感心を通り越して、ただただ驚くばかりである。

「そこでだ。提案がある」

芦澤は、クリスタルの灰皿にタバコの火を押しつけて消した。

まだ半分以上残っているそれは、灰皿の中でくの字に曲がって細い煙を上げていたが、それもすぐに消える。

微かに残ったタバコの匂いもすぐに薄らぎ、一瞬だけオーデ・トワレの香りが鼻を掠めた。

「取引をしようと言ってるんだよ。俺がお前の借金を全部返してやる」

「あ、芦澤さんっ」

「たった一千万で、可愛い恋人の店を守れるんだ。安いもんだ。だが、それ以上金をせびるようなら、今度こそ容赦しない」

さすがに、そんな都合のいい話をすぐに信じるほど、立野は素直ではなかった。唇を歪《ゆが》めて笑い、身構えながら言う。

「何か、裏があるんじゃないのか」

「言っただろうが。俺の可愛い恋人のためだ。本当なら、お前をこのまま人気のない山中に連れていって地獄の苦しみを味わわせたあと、死体が出てこないようにするところだ。てめぇ一人消すなんざぁ、たやすいことなんだよ。煙みたいにな、なんの痕跡《こんせき》も残さずに始末できる。それをここまで譲歩してやるんだ」

「全部、そいつのためか？」

「弘哉に感謝するんだな」

一瞬にして、立野の表情が変わった。

「そんなに大事な恋人か……。なるほどね」

納得するような言い方に、榎田は危機感を抱かずにはいられない。

芦澤の言動は、自分の弱点を晒すものでしかなかった。立野のような卑怯《ひきょう》な男に、そんなことをするのがどれほど危険か……。

それとも、芦澤ほどの男からすれば、ただの小悪党にこの程度のことを知られてもいいというのだろうか。

芦澤の真意がわからない。

「信用できないか？　だったら、俺と弘哉のセックスを写真に撮らせてやってもいい」

「——な……っ」

榎田は、一瞬言葉が出なかった。

なぜ、そんなことをする必要があるのか——。

ただの余興にしては、あまりにも勝手すぎる言いぶんだ。榎田の気持ちを完全に無視している。

確かに、出会ったばかりの頃は、芦澤が満足するスーツが作ることができたら二千万の借金を帳消しにするという酔狂な賭《か》けを提案された。その間、榎田は愛人という立場に置かれたが、二人はもうすでにそんな関係からはずっと進んだところにいるのだ。

恋人に断りもなく、こんなことを言い出した理由がわからない。

「もし、俺がお前との約束を破って金を払わなかったら、写真をばら撒けよ。テープよりインパクトがあるだろうが」

立野は親指で唇をいじりながら考え込み、そして再び榎田に視線を向けた。禍々《まがまが》しい色を湛えたそれに晒されていると、背筋が寒くなる。

「本当に、俺のことを裏切るつもりはないらしいな。わかった。お前らのセックスを撮らせてもらう」

「ま、待ってください」

榎田は慌てて芦澤に縋りついた。

約束を固いものだと証明するためとはいえ、こんなことをする必要性があるとは思えない。榎田のために手荒い真似はしないと言う恋人が、身勝手な取り決めをしてしまったことに矛盾を感じずにはいられなかった。

「嫌です。……無理です……っ、……そんなの、無理です……っ」

「心配するな。お前は黙って俺に抱かれてりゃいいんだよ。悪いようにはしない」

「芦澤さん……」

真正面から見据えられ、ハッとなる。

何か、考えがあるという目だった。ただ単に、自分が裏切るつもりがないと立野に示してみせるためだけではない何か――。

けれども頭でわかっていても、今の榎田にこの現実は受け入れがたいものであるのに変わりはなかった。

嘘だ。嘘だ。

榎田は、何度も自分の中でその言葉を繰り返していた。

榎田は立野が見ている前で、芦澤に抱かれていた。裸にされ、鏡の下で自分がどんな恰好をしているのか見せつけられながら躰をいじり回され、貫かれている。

しかも、シャッター音が絶えず耳に流れ込んでくるのだ。

自分を保とうとするが、押し寄せる波に抗うことができず、愉悦を貪《むさぼ》ろうとしてしまう。他人に見られていようが、躰は正直に榎田がどれほど感じているのか白状してしまう。

なんて浅ましいのだろうと思いながら、さらに深く溺《おぼ》れていくのだ。

「も……やめて、くださ……っ」

「心配するなと言っただろうが」

「でも、……でも……っ」

榎田はかぶりを振って無理だと訴えた。しかし、それでも芦澤はやめてくれない。

気にするなと言われて気にしないでいられるほど、大胆にはなれなかった。

ふと目をやると、立野がカメラを構え、いろんなアングルから二人を写真に収めている姿が目に飛び込んできた。

ああ、やめてくれ……、と心の中で訴えて顔を隠そうとするが、芦澤の手に阻まれてしまう。

「あいつのことなんか無視しておけ」

「でき、ませ……、そんなの……、……できま、せ……っ、――ん」

弱々しく訴えてから、指を噛んで声を押し殺す。欲望を孕《はら》んだ恋人の視線を注がれていると躰が熱くなり、この状況を忘れて行為に溺れてしまいたくなった。

そうできたら、どんなにいいか。

しかし、常識の中で生きてきたような榎田には、そうたやすくできることではない。

「立野。しっかり撮ってるか?」

「ああ、すごくいいぜ? もっと激しいセックスをしてくれよ。刺青がサマになってる。芸術的な写真が撮れそうだ」

女の裸を撮りたいと言っていただけに、肉体美に対する立野の興味は激しかった。当初の目的は保険として二人のベッドシーンを写真に収めることだったはずなのに、そんなことはすっかり忘れているようだ。女性のヌード写真を撮る一流カメラマンのごとく、賞賛の言葉を浴びせながらシャッターを次々と切っていく。

ノーマルな立野にとって男同士のセックスなんて嫌悪の対象でしかないはずなのにと思うが、芦澤の共犯であるかのように撮ることに夢中になっている。

それとも、芸術の名を借りれば、どんなものも美しく見えるのだろうか。

確かに、芦澤の背中はその肉体美と相まって芸術的な美といえるものを持っている。

「もっと背中や二の腕の筋肉が盛り上がるように、抱え上げてみてくれ」

「お前も好きだな」

嗤《わら》い、蔑《さげす》んだように言うが、芦澤は立野の要求を聞くつもりらしい……。榎田の両膝の下に腕を入れると、顔を覗き込んでくる。

「弘哉……」

「や……っ」

「ほら、観念しろ」

拒もうとしても、そんなことができないことくらいわかっていた。そのまま躰を起こされると、抱え上げられる。両脚を開いた恰好でさらに奥まで貫かれ、榎田はあまりの切なさに鼻にかかった声を次々と漏らした。

「――んぁあ……っ、――はぁ……っ、……っく、……んんっ」

芦澤は榎田を抱えたままベッドから降り、立野に自分の刺青を見せつけながらさらに力強く下から榎田を突き上げる。男一人をこうも軽々と抱え、自分を突き立ててくる恋人に抗議したかったが、それもままならない。

顔を上げると自分たちにカメラのレンズを向ける立野が見えるため、せめて顔を撮られまいと芦澤に抱きついた。

「いいねぇ、そのアングル。背中ってのは、いい被写体だよ」

「お喋りな奴だな。少しは黙ってられないのか？」

「文句言うなよ。写真家ってのは、こうしてシャッターを切るもんなんだよ。あんただって、愉しんでるじゃないか」

夢中でシャッターを切りながら、立野は興奮した声をあげる。

「いいよ、いい。あんたのその腰、まさにヤクザのセックスだ。すごい刺青だな。そっちの龍は、あんたが彫らせたのか？」

「ああ、そうだ」

「俺も、彫りたくなってきたよ」

「やめとけ。機械彫りと一緒に考えてると、怖いぞ。あの痛みに耐えられる根性は、お前にはない」

普通に会話を交わしているのが、信じられない。

「どうだ？　ちゃんと撮れてるか？」

「ああ。バッチリ撮ってるよ。なぁ、もしかして、あんた……そういう趣味があるのか？　他人に写真を撮らせて愉しむ趣味が」

調子づいた立野が、からかってみせる。

「ギャラリーがいたほうが、面白い」

「確かにな」

耳を塞ぎたかった。

立野に写真を撮られながら芦澤に抱かれているこの状況から、目を逸らしたい。しかし耳に流れ込んでくるシャッター音は、それを許してはくれなかった。

常に、他人の目があることを思い知らされる。

「どうした、弘哉」

立野に聞こえないよう耳元で囁く恋人に、こんなことはもうやめようと訴えたかったが、唇を嚙むことしかできない。言葉になる前に、一定のリズムで奥を貫く芦澤の猛りに黙らされる。

けれども、それだけではなかった。

こんな状況を受け入れられないと思っている傍ら、躰は芦澤をもっと喰いたいと貪欲に欲しがってみせるのだ。それは、芦澤にもわかっているだろう。

いつも以上にきつく咥え込んで収縮している尻が、それを証明している。

「怒ってるのか?」

軽く笑いながらそう聞いてくる芦澤の色香に、心が蕩けた。

本当はひどいと怒ってやりたい。けれども、こんなふうに囁かれると全部許してしまう。芦澤のような男に捕まってしまった自分が悪いのだと思ってしまうのだ。

「怒って、な……です……」

「そうか」

芦澤が、目で笑う。

榎田はベッドに下ろされ、芦澤はいったん中から出ていった。それを見た立野が、まだ撮り足りないとばかりに言う。

「おいおい、もう終わりか? まさかバテたってんじゃねーだろうな」

「俺を誰だと思ってる。同じポーズばかり撮っても、面白くねぇだろうが」

「そうこなくっちゃ」

うつ伏せにされ、榎田は思わず身構えた。ギ……、と微かにベッドが沈むと、膝立ちになった芦澤にあてがわれる。

（あ……）

その瞬間、榎田の心は期待に打ち震えた。

今すぐに、中に入ってくれと望んでしまう。少しの間でも、芦澤を手放したくない。早く、熱い猛りで自分を貫いてくれと心がせがむ。

ほんのわずかな間だったのに、一時の我慢もできないのかと己に問いたくなった。芦澤という男を手にしてから、どれだけ欲深くなったのだと……。

「——んぁ……っ！」

尻を高々と上げられると、榎田は後ろから貫かれた。そこは、まだ十分にそそり勃《た》っている男根をやすやすと受け入れ、さらに深く呑み込もうとしている。

声を漏らすまいという理性だけはかろうじて残っているが、唇を噛んでシーツを握りしめていることしかできない。

「どうだ、立野。ちゃんと撮れてるか？」

「ああ。いいアングルだよ」

立野のほうからは、芦澤の背中から臀部《でんぶ》にかけての男らしく引き締まった美しい流線が見えることだろう。真後ろから撮る芦澤の背中がどれほど美しいのか、見なくとも榎田にはわかる。

しかし、それでも脚を大きく開き、尻を突き出した恰好の自分も写り込むのだ。

恥ずかしくて、だが蕩けそうなほどよくって、榎田はどうしようもなく疼く自分を抑えることができなかった。ゆっくりと出し入れされる恋人の太さに、次第に狂わされていく。

「ぅう……、ん……っ、……ふ……っく、……ぅ……ん」

芦澤はやんわりと榎田を突き上げていたが、それも次第に力強くなっていく。

「もうイキたいか?」

前に触れられると、肌が総毛立ったようになり太腿の内側が軽く痙攣した。イキそうで、他人が見ているところでも、こんなふうに感じる自分が恨めしかった。嫌だ、駄目だと口にしていようが、躰はどんどん発熱していく。

いや、もしかしたら、見られていることがイイのかもしれない。

いつからそんなはしたない男になったのかと思うが、本庄の運転する車の後部座席で熱いキスを交わし、昂ぶってしまったのは事実だ。

あの時も、芦澤の男っぽい色香に夢中にさせられた。

「そのまま、俺だけに集中してろ」

「んぁ、あ、……んぁ、……ぁ……っ」

シャッター音を聞きながら、芦澤の手淫《しゅいん》にさらなる昂ぶりを覚える。

くびれを嬲《なぶ》られ、先端の小さな切れ目に指をねじ込まれ、痛みと快楽を同時に感じながら高貴な獣に献上された生贄《いけにえ》は、存分に料理される。

もう、どんなことをされても構わない――。

信じられないが、それが榎田の本音だった。

「ぅ……、……んぁ、――ハァ……ッ。芦澤、さ……、……も……」

「大丈夫だ。お前の顔は写ってない。もう、イけるか？」

唇を押し当てられながら囁かれ、ますます歯止めがかけられなくなる。早く、何もかも忘れる高みへ連れていってくれと、願っていた。

それがわかったのか、芦澤は榎田を突き上げながら後ろにいる立野に言う。

「おい、立野。しっかり撮れよ」

「んあっ！　あっ、はぁ！」

あまりに激しい腰つきに涙が溢れて、目尻から流れ落ちた。

「んぁあ、――あぁぁ……、……芦澤、さん……っ、……芦澤さ……、……ぁ……ん」

顎に手をかけられ、躰を反り返らせた恰好で唇を奪われる。無理な体勢だが、舌で舌を絡め取られると何もかも忘れることができた。

シャッター音も、聞こえない。

「んぁ……、……ぁ……、……ん、——ぅん……っ」

壊れてしまいそうなほど突き上げられ、揺さぶられながら榎田は高みを目指した。

そして——。

「んぁ、……んんっ、……も……、……イク。——イク……ッ、——んぁぁあ……っ！」

榎田は腰を反り返らせ、尻を突き出しながら躰を激しく痙攣させた。同時に中で芦澤が爆《は》ぜたのがわかり、放たれた熱に恋人を感じる。

絶頂の余韻にしばらく躰を震わせていたが、それが少しずつ消え去ると、榎田は躰を弛緩《しかん》させた。うっすらと目を開けると、立野が足元から二人を写真に収めているのに気づくが、すでに放心状態で何も考えることはできなかった。

撮影は終わった。

一瞬、眠り込みそうになっていた榎田は、芦澤が自分の中から出ていこうとしているのに気づいて覚醒した。

熱い交わりのせいか微かな鈍痛を感じて、少しだけ顔をしかめる。

「う……っく」

中から白濁が溢れ出るのがわかり、咄嗟に身を起こそうとするが、そうしたのは気持ちだけで躰はついてこない。

「じっとしてろ」

芦澤に綺麗《きれい》にしてもらうことに気恥ずかしさが湧き上がるが、今は黙ってされるがままになっていた。芦澤は自分のも綺麗にしてしまってから、榎田の躰にタオルケットをかける。

「どうした？　俺には愛想が尽きたか？」

「……、……いえ……」

まだはっきりしない頭で答えると、芦澤は色っぽい目をしてみせた。

人前でセックスをし、さらにそれを写真に撮らせるなんてひどいと訴えるところだが、つい本音が出たのだ。こんなことをされても、芦澤への気持ちは変わらない。

どんなひどいことをされても許してしまうほど、好きなのだ。相手が芦澤だということを考えると、これからますますエスカレートしそうだが、どうすることもできない。

「そのまま寝てろ。——俺を信用しろよ」

耳元で囁かれ、芦澤がこれから何かしようとしているのだとわかった。

やはり、立野に二人のセックスの写真を撮らせたのは考えがあってのことだったのだ。しかし榎田には見当もつかず、黙って見ているしかなかった。

『俺を信用しろよ』

そんな言葉をかけるということは、榎田にとってあまり喜ぶべきことでない何かを仕掛けるつもりなのかもしれない。

いったい何をするんだ——不安半分、芦澤の行動をじっと見ていた。

セックスをしたあとの肌は熱が収まりきっていないのか、背中の吉祥天がいっそう鮮やかに見える。

「どうだ？　俺のセックスは？」

「いいもん撮らせてもらったよ。これでいい」

「それだけか？」

「え？」

「それだけかと聞いてるんだ」

「……どういう、意味だ？」

「喜んでるのは、それだけの理由かってことだよ」

芦澤は裸のまま前を隠しもせず、立野のほうへ向かった。そして、堂々とした態度で目の前に立ちはだかる。

「どうなんだ、え？」

立野の表情に、戸惑いの色が浮かんだ。同じ男が前も隠さずに、全裸で自分の前に立ちはだかったことへの嫌悪ではない。どちらかというと、その逆である。

目許は赤く染まっており、芦澤を見上げなら、何か言おうとしている。しかし、言葉が出ないらしい。唇が微かに動いただけだ。

「俺の刺青に興奮したか？」

「な、なんのことだよ？」

「これのことだ」

「……っ！」

芦澤は自分の中心を握ってみせた。立野の視線がゆっくりと下に降りていき、その股間に注がれる。

芦澤は見せつけるように、自分をゆっくりと扱《しご》いて育ててみせた。先ほど榎田を抱いたばかりだとは思えないほど、中心は雄々しくそそり勃ち、鎌首《かまくび》を上げてセックスの強さを誇示している。

「まだ収まらない。どうだ？　しゃぶってみたいか？」

「な、何を言い出すんだ」

「誤魔化《ごまか》しても、わかるんだよ。お前、男とやったことがあるだろうが。しかも、ケツで男を咥え込むほうでな」

「……っ」

立ち尽くす立野を見て、芦澤の言葉が嘘でないのはわかった。立野は指一本動かすことができず、自分に牙を剝く捕食者を凝視しているのだ。

その表情に浮かんでいるのは、恐怖ではない。自分を襲ってくれる者への期待だ。

どんなふうに自分に襲いかかり、どんなふうに鋭い牙を立て、溢れる血を啜《すす》ってくれるのかと胸を高鳴らせている。

魅入られたような表情が、それが榎田の思い違いでないと語っていた。

「どうした、ん？　俺の躰を見て興奮しただろう？　俺の腰遣いを見て、昔の男を思い出したんじゃないのか？　弘哉みたいに、尻をこいつで擦って欲しいだろう？」

「そんな……」

「調べはついてる。お前が昔、男とデキてたことは、わかってるんだよ」

「む、昔のことだ」

「抱いてやろうか？　お前と弘哉を食べ比べてみるのもいい」

芦澤の手が立野の股間に伸びたかと思うと、スラックスの上からやんわりと揉《も》みほぐし始めた。

小さな声が漏れたのが、榎田のところにまで聞こえる。

正直なところ、見たくはなかった。どんな理由があろうとも、芦澤が自分以外の男にあんなふうに触れるのは、あまり見たくはない。

けれども、先ほど囁かれた芦澤の台詞が脳裏に蘇ってきて、榎田の心に訴えかける。

『俺を信用しろよ』

芦澤が立野を煽ってみせるのには、わけがあるのだ。何か考えがあって、あんなことをしている。それなら黙って見ているしかないと、腹を括る。

「なぁ、立野。イイ子だから、俺の言う通りにしろ」

後退《あとずさ》る立野の背中が、壁に当たった。もう一歩も後ろにさがれない状況だ。カメラが手から滑り落ちて重そうな音がする。

「俺の前に跪いて、しゃぶってみるか？　それとも、いきなり尻で俺を味わってみるか？」

「あっ」

立野の口から、甘い声が漏れた。

芦澤の手は、スラックスの上から立野の股間を握り、さらに快感を与えようとしている。

恋人のテクニックがどれほどのものなのか、自分の躰で幾度となく教えられた榎田は、今あの男がどんな状態なのか見なくともわかった。

男に興味のなかった榎田さえ、芦澤との初めてのセックスで感じまくったのだ。快楽を無理やり注がれたが、いつしか夢中にさせられていた。

あの淫靡な獣にかかると、きっと抗えない。

それがわかっていても、なぜか榎田はまだ冷静でいられた。自分でも不思議だったが、芦澤を信用しているからなのかもしれない。芦澤が、意味もなく戯れにこんなことをするはずがないとわかっている。本当はあんなことはしたくないはずだ。

それでも何かの目的のために、する必要があるのだ。

そしてその目的は、榎田を守るためのものであるのは明白だ。

「どんなふうに抱かれたいんだ？　優しくか？　それとも、ひどくされたいか？　どっちだ？」

「や、やめ……ろ……っ」

「お前、必死で隠してるんだろう？　だがな、俺にはわかるんだよ。婚約者とは、セックスしてんのか？」

「し、してるよっ」

「だが、いいとこのお嬢さん相手では物足りないだろう。刺激的なセックスがしたいんじゃないのか？　金のために結婚するんだろうが」

図星だというのは、立野の表情からよくわかった。

少し前なら、榎田は立野が男に抱かれるのが好きだなんて信じられなかっただろう。どちらかというと、女好きでプレイボーイといったタイプだ。あちこちに女を作り、女に貢がせ、同じ男の反感を買っていそうな気さえするのだ。

けれども、自分に迫りくる芦澤へ向ける立野の視線は、明らかに発情した雌のそれだ。これまで隠していたものが、芦澤の男の色香により溶け出している。

こうもあっさりとその本性を暴いてしまうなんて……、と榎田は改めて恋人のすごさを見せつけられた気がした。

「……俺は、……男も、女も……っ、……好き、なんだよ」

「男のほうが、の間違いだろうが。女を抱くより、男に抱かれるほうが好きなんだろう？　いつからだ？　男子校だった頃に覚えさせられたか？　初めてのオトコはどんなふうにお前を抱いたんだ？」

「ふぁ……っ、……ぁ」

「乱暴に抱かれるのがいいのか？　初めての男は、乱暴に抱いたのか？」

「そう、だよ。――そうだよっ！」

「じゃあ、そいつみたいに抱いてやる」

立野の耳元に唇を寄せ、艶のある声で囁いてみせる。

背中の吉祥天が榎田を眺めており、まるで榎田を試しているようにも見えた。恋人の言葉をどこまで信じられるのかと、問われているような気がする。

「あんたが抱いてくれるんなら、俺は……っ」

「こんなに硬くしやがって……。可愛い奴だな。弘哉と、どっちが上手にしゃぶれるか見てやるよ」

「あっ、あっ」

「待ちきれないか？　それなら一度先にイッてもいいぞ」

立野は股間を前に差し出すような恰好になり、上ずった声をあげた。

「はぁ、あ、イイッ、イイッ、直接……触って、くれ……っ」

「俺に命令か？　いつからそんなに偉くなった。え？」

いかにも芦澤らしい言い方だが、誰よりもそんな台詞が似合う男だと思った。立野もそんな芦澤に、さらに夢中にさせられているようだ。

「直接、触ってください……、お願い、します、触ってください」

「我が儘な奴だな。ほら、自分でファスナーを下ろせ。そうだ、下着も下ろせよ」

「んぁあっ」

「俺と婚約者とどっちがいいんだ？」

「あんたに決まってる！　女なんか……っ、女なんか……っ！　はあぁぁ……っ」

芦澤が手を忙《せわ》しなく動かし始めると、立野が一気に上りつめようとしているのが傍《はた》から見てわかった。目を閉じて天井を仰ぎ、口を半開きにしている。

そして──。

「んぁ、あ、あーっ！」

最後に声を裏返させながら、立野は絶頂を迎えた。

よほどよかったのだろう。

あっさりと手でイかされた立野は、そのままずるずると床に崩れ落ちた。目は虚《うつ》ろで、半ば放心状態だ。それでもなお、次のステップへ行こうと誘うような濡れた瞳《ひとみ》で芦澤を見上げている。

さすがにその表情を見ると嫉妬心が湧いて複雑な気持ちになったが、芦澤が立野に触れたのはそこまでだった。

「おい、もういいぞ」

「！」

芦澤は少し上を向き、誰かにそう言った。そして近くに置いてあったティッシュで手を拭くと、まだ自分の置かれた状況がわからないで戸惑っている立野を見下ろして不遜《ふそん》な笑みを漏らす。

事態が呑み込めていないのは榎田も同じで、いったいどうしたのだろうと行く末を見守ることしかできない。

「ど、どういうことだ……っ」

「この部屋に、隠しカメラをセットしておいた。今のやり取りを全部録画させてもらったよ」

「な……っ」

「俺に『直接触ってください』とおねだりしながら腰を振ったところも、俺の手であっさりイきやがったことも、全部映像に残してある。ほら、あそこを見ろ。あそこにカメラを仕掛けてあるんだよ」

立野は指差された天井の隅に目をやるが、榎田から見てもレンズらしいものはすぐに確認できない。しかし、目を凝らしてよく見ると、模様に紛れて光る物があるのに気づいた。

立野もようやくわかったようだ。

「そいつをお前の婚約者に見せたら、激怒するだろうなぁ」

「――っ！」

「女に愛想を尽かされると、困るんじゃないか？　せっかく捕まえた社長令嬢だろう？」

「だだ、騙《だま》したな！」

立野ははだけたスラックスを急いで整えながら立ち上がったが、脚がまだふらついている。頬の紅潮は絶頂の余韻なのか、それとも騙されたことへの怒りからなのか、榎田にはわからない。

けれども、この男が現実を突きつけられて立場が逆転したことを悟っているのは確かだ。

頭の中では、どうやってこの場を切り抜けようか考えているはずだ。

「極道を甘く見るなよ。お前が生きてるのは、弘哉のおかげだ。本当なら、殺してた」

立野への言葉だというのに、横で聞いている榎田さえ背筋が寒くなるような声だった。

声を荒らげたり言葉で脅したりするのではない。

本能が危険を感じるような、有無を言わさず身の危険を感じさせられるような、そんな言葉だった。これが、本当の極道だ。普通の人間には決して真似できない、本物の恐ろしさ。

立野も、心底自分の行いを後悔しているだろう。

「借金の一千万は、結婚してから奥さんの金をちょろまかして返すんだな」

「――っく」

「わかったか？　もし、これがあんたの婚約者の手に渡れば、あんたは一生後悔する」

「はっ、そそそ、そうは、いくか。も、もし、あいつにこのことがバレたら……っ、俺は、そいつに、復讐してっ、やるから、な……っ」

かろうじて言葉にはなっているが、脅迫を脅迫で返そうとする立野の声からは恐怖しか感じられなかった。あまりの恐ろしさに、自分が何を言っているのかすらわかっていないのかもしれない。

そんなもので芦澤を崩すことなど、できるはずがなかった。

「調子に乗るなよ、小悪党め。ただの脅しと思うなら、今実行してもいいんだぞ」

「――芦澤さん……っ」

声から明らかな本気が見えたため榎田は慌てたが、榎田の声に気づいたからか、芦澤の目からすぐに狂気が消えた。

「次に弘哉に何かしようとしたら、こいつがなんと言おうとお前を殺す。俺は本気だ」

「――ひ……っ」

「生きたまま海に放り込む程度で済むと思うなよ。残酷な殺し方ならいくらでもある。もうこいつには関《かか》わるな。そうすれば、丸く収まる。わかったな」

「わ、わかりました」

勝負以前の話だった。

結局、芦澤は一千万を払うどころか、自分はなんの不利益も被らずにこの件を片づけてしまったのだ。見事なまでに完璧《かんぺき》な罠《わな》だった。

立野は部屋から連れ出され、それを見送った二人は目を合わせた。

「大丈夫か？」

注がれているだけで、熱くなる視線。自分だけに向けられる視線だ。

芦澤がベッドに近づいてくるのを、榎田はぼんやりと見ていた。すぐ側に立たれ、深い色をした瞳に吸い寄せられるような気分で、じっと見つめ合う。

「悪いな。お前の前で、他の男に触っちまった」

「何か考えがあるってわかってましたから」

「そうか」

「でも、ちょっとは……嫉妬しました」

素直な気持ちを口にすると、さも嬉しそうに芦澤が笑う。自分なんかの言葉でこんな表情をするのか……、と、その気持ちが嬉しくて顔をほころばせる。

しかし、カメラが設置されていたことを思い出し、おもむろに表情を引き締めた。

「あの……もしかして、ずっと録画させてたんですか？」

榎田は、おずおずと聞いた。

立野が芦澤に手でイかされたところが撮られていたのなら、自分たちのシーンも同様に舎弟たちに見られていたと考えてもおかしくはない。

「心配するな。お前とのベッドシーンは撮ってないよ。音声は繋がってたがな。録画し始めたのは、立野の野郎を追いつめるところからだ」

「でも、でも……っ、声は聞こえてたってことですよね」

「堅いことを言うな。お前の声は可愛いから、気にすることはない」

「そんなこと言うのは、芦澤さんだけです！　他の人にとっては、——僕の……っ、あえ、……ぎ……声……、なんか……」

最後のほうは蚊の鳴くような声になり、榎田は真っ赤になって両手で頭を抱えた。

今さら男らしさなんて言って取り繕うつもりはないが、やはりあの時の声を聞かれたかと思うと、一人じたばたしたくなる。録画するタイミングを見計らって音声に耳を傾けていた舎弟たちは、さぞかし迷惑だっただろうと思う。

これも若頭を守るための大事な仕事だと割り切り、感情を押し殺して職務を全うしたのかもしれないが、申し訳なさを拭うことはできない。

「まぁ、お前が望むならギャラリーを準備してやってもいいが」

「い、いえ。結構です」

この話をいつまでも続けていると、とんでもないことになりそうで、榎田はきっぱりとした口調でそう言い放った。

「納得したか？」

「はい、もう、納得しました」

「じゃあ、口直しさせろ」

「え、あの……っ、——ぅん……っ」

唇を塞がれたかと思うと、ベッドに再び押し倒された。カメラを気にして視線を天井の隅にやったのがわかったのか、芦澤は意地悪な笑みを口許に浮かべて甘く囁いてみせる。

「大丈夫だ。もうカメラも音声も切らせてあるから、正真正銘、俺とお前の二人だけだ」

こんな声で言われたら、理性なんて保てない。

榎田は自分に伸しかかる芦澤の背中に腕を回し、恋人の重みを噛みしめながら身を委《ゆだ》ねるのだった。


翌朝、榎田は芦澤の車の中で慌てながら店に電話をしていた。

電話の相手は、もちろん大下だ。

「はい、すみません。少し遅れますけど、すぐに行きますから」

寝坊をしたことなんて初めてで、かなり狼狽《うろた》えている。芦澤にさんざん愛されたとはいえ、昼近くまで寝ていたなんて、榎田にしてはめずらしい。

しかし、芦澤も芦澤だと、榎田は不満を抱かずにはいられなかった。

声くらいかけてくれればいいのに、ベッドに寝そべったまま眠っている榎田の寝顔を延々と見ていたのだ。

「可愛かったぞ」と言った芦澤の愉しそうな目といったら……。

起こしてもらえなかったからというより、ずっと寝顔を見られていたことを恨めしく思う。

「本当にすみません、大下さん」

『いえいえ。たまには遅れるくらいでちょうどいいんです。あなたは働きすぎですから、少しゆっくりしてから来たらどうです？　朝ご飯は召しあがりましたか？』

「いえ、実はまだなんですけど」

『では、ちゃんと食事を摂ってからになさい。でないと、作業をさせるわけにはいきませんよ』

「え、でも……っ」

『老人の言うことは聞くものです』

少し迷ったが、ありがたくそうさせてもらうことにする。

「じゃあ……お店のこと、お願いしてもいいですか？」

『ええ、ええ。あなたが倒れでもしたら、私が困りますから。今日はそう忙しくないですし、ゆっくり腹ごしらえをしてからおいでなさい』

最後に大下に礼を言い、携帯を切った。榎田の様子から、時間ができたと察したらしく、芦澤はハンドルを握っている本庄に、ここから一番近い場所にある某一流ホテルに行き先を変更するよう指示した。

「あのじーさん、なかなか気が利くじゃないか」

「いつも僕の健康を気遣ってくれて……心配ばかりかけたら駄目ですよね」

「だったら今日はおとなしく俺と飯を喰え」

車は、ホテルのエントランスに滑り込んだ。目的は中に入っている料亭だが、まだ営業時間になっていないらしい。舎弟が頭を下げながら芦澤に報告する。

「場所を変えるか。少し行ったところに行きつけの店がある」

「いえ、いいんです。ここで十分です。あそこに入りましょう」

榎田はロビーラウンジを指差した。

さすが一流ホテルだけあり、重厚なインテリアが揃《そろ》えられており、なんとも優雅でゴージャスな雰囲気を漂わせている。

「あんなところでいいのか?」

「はい」

「欲のない奴だな」

クスリと笑うと、芦澤はそちらへ向かった。案内された席は、中庭がよく見える日当たりのいい窓際の席だ。舎弟たちはラウンジの中まで入ってこず、ロビーから二人を見守っている。

「でも、あんな手を遣うなんて思ってませんでした」

「金くらい払ってやってもよかったんだがな。お前を脅迫するようなフザけた野郎の言いなりになるのは癪だったんでな」

「でも、あの人が男の人も好きだなんて、全然気づきませんでした。どちらかっていうと、遊び人で女の人を泣かせていそうなタイプだと思ってたのに」

芦澤に迫られた時の立野を思い出し、自分の魅力であの男の奥に隠された性癖を見事に引きずり出してしまうなんて、さすがだと思わずにいられなかった。

芦澤のフェロモンがなければ、引っかかっていなかっただろう。

抗えない色香――。

身を以て知っているだけに、悪い相手を敵に回したものだと立野を少し憐《あわ》れに思う。

「怒ったか？」

「いえ……。安易に取材を受けて弱みを握られたのは僕ですから。今度は、もっと慎重に相手を見てから決めることにします」

榎田はそう言うと姿勢を正し、改まった態度で深々と頭を下げて言った。

「芦澤さん。本当にありがとうございました。芦澤さんのおかげで、店をたたむようなことにならずに済みました。また、思いきりスーツが作れます」

「お前の店がなくなったら、俺が困る。他にもそんな奴らがたくさんいるんじゃないか」

「それなら嬉しいんですけど」

「お前の店の顧客名簿がそうだと証明してるだろうが」

その言葉に、少しは自惚《うぬぼ》れていいのかと思った。

盗まれそうになった大事な店の名簿は年季が入っており、父の代からの顧客の名前も多く残っている。

定年を迎え、スーツを着ていく機会がほとんどなくなる歳になっても、同窓会などの場に来ていこうと榎田の父が仕立てたスーツの直しをしに来ることもあるし、社会人になった息子が金銭的に余裕が持てるようになったと言って連れてくることもある。

長いつき合いができることが、榎田たち職人にとっての誇りといえるだろう。

「そうですね。これからもがんばらなきゃ」

「ほら、仕事のことはもう忘れろ」

メニューを渡され、榎田はグレープフルーツジュースとサラダ、ミックスサンドを注文した。

芦澤のほうはというと、神戸牛を使ったボリュームたっぷりのハンバーガーとローストビーフサンド、オリジナルサラダ、そしてコーヒー、さらにエビとアボカドのカクテルを追加する。

午前中からよく入るなと感心するが、昨夜の芦澤を思い出して少し納得した。

組の重要な位置につき、大勢の舎弟たちを動かしているだけでも大変だろうに、ひとたび恋人に会えば満足するどころか許してくれと言いたくなるほど濃厚に愛してくれるのだ。

肉体的にも精神的にも疲れを知らない男は、スーツの着こなしも抜群でこういった場所にも十分に溶け込むことができるが、ただの紳士ではない。

飼いならされない獣は、生命力に溢れている。

ウェイトレスが注文を取り終えて立ち去り、何げなく視線をあげると、榎田はロビーを歩く友人の姿を見つけた。

「あ、諏訪さん……っ」

久しぶりに見るその姿に、榎田はいてても経ってもいられなくなり急いで立ち上がった。

「あの、行ってきていいですか?」

「ああ」

榎田は、ラウンジを出てからまだ榎田の存在に気づいていない諏訪を追いかける。

「諏訪さん」

「ああ、榎田さん」

振り向いた諏訪は、自分を呼びとめたのが榎田だとわかると微笑を浮かべた。

「どうも。元気にしてましたか?」

「ご無沙汰してました。偶然会えるなんて……」

榎田は友人に会えたことが嬉しかったが、上手く言葉が出てこない。

「あの……顔色が悪いみたいですけど、大丈夫ですか？」

「ええ、大丈夫ですよ」

諏訪が儚《はかな》げに見え、あの事件のことをまだ引きずっているのだと確信した。このところ店に姿を見せなくなっていたのも、きっとそのせいだと思い、心を痛める。

「あの……時間がある時に、お店に来てください。またコーヒーをご馳走しますから」

「そうですね。またスーツを新調したいですし」

「いえ、新しくスーツをお作りにならなくても、いつでもいらしてください。大下さんも喜びます。大下さんもね、諏訪さんが来ると嬉しいみたいですよ」

「それは嬉しいな」

「だから、本当にどうか、細かいことは気にせずに気軽に来てください」

諏訪が微笑で誤魔化している気がして、遊びに来いと急《せ》き立ててしまうのをどうすることもできない。こんな態度を取れば、ますます変に思われるだろうが、それでも言葉にせずにはいられないのだ。

「あなたは、相変わらずだ」

諏訪はいっそう鮮やかな笑みを浮かべるなり、一歩踏み出して顔を傾けた。

（え……）

一瞬、何が起きたのかわからず目を見開く。

唇に感じる柔らかい感触――。

諏訪からの熱いキスだ。

「ん……っ」

驚くあまり、きつく目を閉じたまま数歩さがるが、すぐには解放されない。舌を入れられ、唇を吸われた。まるで嵐《あらし》が過ぎるのを待つかのように、硬直したままじっとしていると、ようやく解放される。

公衆の面前で、しかもこんな高級ホテルのロビーで男同士でキスをするなんて、さすがに驚きを隠せず、榎田は口をパクパクさせていた。

「あ、あの……」

「すみません。あなたの唇があまりにも美味《おい》しそうだったから、つい……」

男の唇を『美味しそう』なんて言うところが諏訪らしい。しかも、美しい男にその台詞は似合っていた。けれども、やはりその微笑に寂しさのようなものを感じずにはいられない。

何があったんだと聞きたいが、それもできずにただ狼狽えるばかりだ。

「榎田さん。お願いがあるんです」

「は、はい。なんでしょう?」

「芦澤さんに、いい加減木崎さんを自分のもとへ戻すよう、榎田さんから言ってください」

「え……」

「知ってるんでしょう？　あの傲慢な帝王の側にいる番犬が、最近いないこと」

もちろん知っている。木崎を諏訪のもとへやろうかと言った芦澤に『お願いします』と頼み込んだのは、榎田なのだ。友人を一人にしたくはなかった。

「それから、あの番犬にもそろそろ身を固めるよう取り計らってやれと」

「え……」

「組長の孫娘の優花《ゆうか》さんが木崎さんに想いを寄せているって教えてくれたのは、榎田さんですよ。覚えてるでしょう？」

「ええ、もちろん」

確かに諏訪の言う通りだ。しかも榎田は、一度彼女に会っている。

以前、芦澤の組の組長が、自分の孫娘と芦澤を結婚させようとしたことがあった。何度かデートもしており、その時すでに榎田と恋人関係になっていた芦澤は、先手を取って榎田を連れて彼女に会いに行ったのだ。

そして、二人の関係を告白して彼女のほうから結婚話を断るよう頼んだ。

彼女が祖父の言う通りに芦澤と会う理由が木崎に会えるからだと気づいたのは、その席でのことである。

とても感じのいい女性だった。彼女なら、木崎のような男を優しく包み込めるだけの愛情を持っているだろう。

「あの無表情の男が側にいると、ストレスがたまってしまって……。わたしのお願いを聞いてくれないと、またあなたにキスしてしまいそうだ」

再びキスをされそうになり、思わず一歩後ろにさがった。

「あ、あの……っ」

単なる脅しだったようで、諏訪は悪戯《いたずら》っぽく笑ってみせる。

「じゃあ、伝えてくれますか？」

「つ、伝えます」

「ありがとう。それじゃあ」

諏訪はそう言って軽く手をあげてから、ロビーをあとにした。軽く一礼して立ち去る木崎に榎田も同じように返し、諏訪を気にしながらも芦澤のもとへ戻る。

テーブルにはすでに注文した品が運ばれており、コーヒーのいい香りが漂っていた。

「あの、諏訪さんが……」

「お前にキスしやがった。しかも舌も入れただろう。ったく、あの淫乱弁護士め」

コーヒーに口をつけながら言うと、芦澤はニヤリと笑った。してやられた……、とばかりの言い方だが、諏訪の口づけに性的な意味がまったくないのは気づいているようだ。

遠くから見ていただけなのに、芦澤に諏訪の心理状態はわかっているのだろう。

「あの、諏訪さんから伝言が……。木崎さんを、芦澤さんのところに戻すようにって。それから、優花さんとの結婚の後押しをしてやれということも言われました」

「そうか」

「はい。でも、一人にするのは心配です」

何か力になれないかと思うが、芦澤はあっさりとしたものだった。

「まぁいい。諏訪がそう言ったんなら、木崎を戻す」

「でも……っ」

これまでは、木崎がついているから安心していた部分も大きかった。木崎のような頼りになる男がいるから、そっとしておけた部分もある。

「おい。そんなにあいつのキスがよかったのか?」

「そ、そんな……っ」

「冗談だよ。お前があいつを心配してるなら、俺もできるだけのことはする。だが、あいつがお前にあんな真似をするんだ。このまま俺の命令で木崎を側に置くのは、やめといたほうがいい」

「そうでしょうか」

「ああ、それに……俺の命令で側にいさせることが逆効果なのかもしれん」

芦澤の言葉に、先ほどから自分が考えていた可能性が、にわかに信憑《しんぴょう》性を帯びてくる気がしてならなかった。

「あの……もしかしたら、諏訪さんは木崎さんのことが……」

その問いに芦澤は肯定も否定もしなかったが、間違ってはいない気がする。

芦澤は、ロビーの舎弟に合図して本庄を呼び寄せた。

「はい。何かご用でしょうか」

「木崎を呼び戻せ」

「今すぐにということですか？」

「そうだ」

本庄が頭を下げてラウンジを出ていくと、二人はようやく食事に手をつけ始めた。絞りたてのグレープフルーツジュースが、胃を目覚めさせる。

「どうだ？」

「はい。美味しいです」

「コーヒーはお前が淹れたほうが旨いがな」

芦澤は榎田にそっと手を伸ばし、指で手の甲を愛撫するように撫でた。触れられただけで、再び熱い行為を思い出してしまう榎田は、わざとそんな真似をする芦澤にささやかな反撃を試みる。

「芦澤さんが挽《ひ》いてくれた豆で淹れるコーヒーですか？」

「ああ。俺にガリガリやらせるのは、後にも先にもお前だけだよ」

ふざけた言い方がおかしくて、思わず笑う。そして、ようやく会話を楽しめるようになった頃、ロビーに木崎が現れるのが見えた。本庄たちと言葉を交わし、こちらに一度だけ視線を向けて榎田に軽く会釈した。

黒ずくめのスーツに身を包んだ番犬。サイボーグのような感情の見えない男。

榎田の大事な友人は、今一人だ。

そう思うと、再び心は諏訪のもとへと向かってしまう。

「あの淫乱弁護士が気になるか？」

「正直……、気になります」

「大丈夫だよ。あいつはそんなに弱くない。お前はいつもみたいにヘラヘラ笑ってればいいと言っただろうが」

指で頬をなぞられ、榎田は恋人のことをじっと見つめ返した。

先ほど、悪戯に手の甲を指先で愛撫してみせた時とは違う触れ方だ。恋人の眼差しは真剣で、諏訪を気にかけてしまう榎田の心をちゃんと理解してくれているとわかる。

榎田は、自然と笑うことができた。

「そうですね。何かあった時に、顔を見たくなる能天気な友達でいることにします」

「それでいいんだよ」

「あの……能天気のくだりを否定してくれないんですか」

わざとふざけた言い方をすると、芦澤はクッと笑ってみせた。

友人を心配する傍らこんな芦澤の表情に無条件に心が熱くなるのをどうすることもできず、罪深さを思い知らされながらも、いっそう恋人への想いを揺るぎないものへとしていく。

「可愛い顔をするな。押し倒したくなるだろうが」

「もう、やめてくださいよ」

榎田は、再び朝食に手をつけ始めた。

贅沢なブランチと最高の恋人の存在に幸せを感じながら、自分はいつか、諏訪が自ら助けを求めたくなるような相手になるのだと心に誓うのだった。

The watch dog 番犬

夜の匂《にお》いが漂い始める時間になると、諏訪《すわ》はようやくベッドから起き上がり、脱ぎ捨ててあったバスローブを羽織ってシャワールームに向かった。まだ眠りの中にいる自分の細胞を叩《たた》き起こそうとしているかのように、熱いシャワーを全身に浴びる。

朴《パク》の事件から、約二カ月半。このところ、毎日こんな生活を繰り返していた。

つい三週間ほど前まではヘロインの快感を忘れられず、毎晩のように男を漁《あさ》っていたが、木崎《きざき》にそのことを責められ、口論の末ベッドで獣のように貪《むさぼ》り合ってからは行きずりの男と寝る気力も湧《わ》かず、こうした自堕落な毎日を繰り返している。

あの夜以降、諏訪の状態はさらに悪くなっていた。

仕事も放り出し、事務所にほとんど顔を出していないのだ。他にも弁護士は何人かいるため別の人間がフォローしているのだが、いい加減仕事に戻らないと二度と社会に復帰できない気がする。

頭ではわかっているのに、それが行動に移せない。

もう手遅れなのだろうかと思うことが、このところよくある。

躰《からだ》が目を覚ますと、諏訪は冷蔵庫の中から冷えたミネラルウォーターを出して喉《のど》を潤した。そして、カーテンを少しだけ開けて眼下に広がる街を見下ろす。

なかなか美しい夜景ではあるが、諏訪の心には響かなかった。無感動な目で、ただその瞳《ひとみ》に映していいるだけだ。

欲望を吐き出し続ける街は遠くから眺めているぶんにはいいが、いざ近づいてみると汚泥のようなものがあちこちに転がっている。それを見続けてきた諏訪には、あの光はイミテーションにしかすぎない。それを嘆く純粋さも失ってしまった今は、何も感じずにただ見ているだけだ。

しかし、諏訪の瞳が一瞬揺れた。

駐車場の隅に見つけたのは、黒いスーツに身を包んだ男らしい人影だった。

顔が判別できないほどの距離があるが、あの黒ずくめの男が誰《だれ》なのか、諏訪にはわかっていた。芦澤《あしざわ》のボディガード兼側近。感情をほとんど表に出さないサイボーグ。デリカシーの欠片《かけら》もない朴念仁。一人の相手だけを想い続ける、時代遅れの男。

木崎に対する言葉のほとんどがマイナスに偏りがちなのは、諏訪が木崎に特別な想いを抱いているからなのかもしれない。

（まだいるのか……）

孫娘の優花《ゆうか》が木崎に想いを寄せていることを組長に言ったのは、諏訪だ。それがきっかけで、木崎が組長から孫娘について何かを言われただろうことも、本人の言葉から推測できた。

榎田《えのきだ》に惚《ほ》れている木崎にしてみたら、さぞかし迷惑だっただろう。

それをわかって、あえて実行した。芦澤の命令で、諏訪の様子を毎晩のように監視に来る木崎を遠ざけたかったのだ。

それなのに、作戦は失敗したようだ。以前にも増して、姿をよく見るようになったと感じる。断るつもりだと、本人の口から聞いた。立場上そう簡単にはいかないだろうが、少なくとも伸し上がるチャンスを棒に振ろうとしているのは確かだ。

出世欲のない木崎に心底うんざりし、前髪を掻《か》き上げながら憂鬱《ゆううつ》なため息を漏らす。

(もう、勘弁してくれ……)

このところのイライラが、すべて木崎のせいであるのはわかっている。

あの男を自分のところへやる芦澤すら、憎らしかった。朴の事件の時、傲慢《ごうまん》な帝王の大事な恋人を守る代わりにヘロインを打たれたのは事実だ。

危うく廃人になるところだったが、あれは諏訪の意思だ。

心根の優しい仕立屋の友人は諏訪にとっても大事な人で、芦澤の恋人かどうかなんて関係ない。自分の意思でしたことに、礼のような真似《まね》をされるのは心外だ。

木崎があぁして自分のためにボディガードをしているのが芦澤の命令だと思うと、馬鹿にするなと怒鳴りたくなる。

しかし、怒鳴ったところであの男は何も感じないだろう。

それもわかっているため、虚《むな》しくてならない。

人のいい仕立屋の顔を見れば少しはささくれた心も落ち着くだろうが、もう榎田の店にも行けなくなった。

確かに、あの優しい空間に身を置いていると癒《いや》される。

いつでも笑顔で迎えてくれる榎田と大下《おおした》は、これまでの諏訪の人生にいなかったタイプだ。悪意の欠片もない。善良が服を着て歩いているような人たちで、他人が傷つくと自分も心を痛めるようなお人好しで人間味溢《あふ》れる人物。

あの二人とは、心底安心して一緒にいられる。

他人を盾にしてでも自分の安全は確保するような生き方をしてきた諏訪が、生まれて初めて己を犠牲にしてでも守りたいと思った相手だ。

しかし、心の底から善良である二人を前にすると、つらくなってくるのも事実だった。自分とあまりに違いすぎて、苦しくなる。

そして痛感させられるのだ。

こんな汚れきった人間が、いつまでもあの二人の友人でいられるわけがないと……。

「はっ、馬鹿だな」

こんなことを考えていること自体自分には合わない気がして、口許《くちもと》を緩める。

いつまでも同じ場所にいる木崎をしばらく眺めたあと、カーテンを閉めて視界から木崎を消し、そして心の中から叩き出した。

翌日、諏訪はめずらしく昼過ぎに目を覚まし、スーツに着替えて街に出た。

しかし、事務所に顔を出す気にはなれず、適当に車を転がしているだけだった。ドライブというほどの気分転換ができているわけでもなく、入れっぱなしにしておいたジャズのＣＤを聞き流しているだけだ。

バックミラーを覗《のぞ》くと、間に三台ほど車を挟んで木崎のマスタングがついてくるのが見えた。

普段はサイボーグのように感情を表に出さない男が、『野生馬』の意味を持つ車に乗っているのが少しおかしく、諏訪は皮肉な笑みを漏らす。

（本当にしつこいですね、あなたって人は……）

諏訪は木崎を撒《ま》いてやろうと、高速に乗った。料金所を通過して流れに乗ると、いきなりアクセルを踏み込んで後続車を引き離す。

エンジンの爆発を躰に感じるほどの加速だ。

しかし、他の車が小さくなっていく中、木崎のマスタングはまるで高性能の誘導ミサイルのように諏訪の車を追ってくるではないか。バックミラーでそれを確認した諏訪は、いつまでつきまとう気だとさすがにイラつきを抑えることができず、自分のドライビングテクニックを駆使して無謀ともいえる走りで木崎を引き離す。

ものすごいクラクション。

一瞬でも気を抜けば、どうなるかわからない。

もしかしたら、このまま死んでもいいと思っていたのかもしれない。そう思っていないと、できない走りだった。他人を巻き込むかもしれないなんて考えられる状態なら、諏訪はここまでして木崎を撒こうとはしなかっただろう。

今は、木崎から逃れることしか頭になかった。

木崎のマスタングはしばらく追いついたり引き離されたりしていたが、諏訪があまりに無謀な走りをするからだろうか、少しずつ車間距離を空けていき、やがては見えなくなった。

自分のテクニックのおかげとは思わない。ギリギリの走りの諏訪に比べ、木崎の運転は終始余裕があった。

木崎は、諏訪が事故を起こす可能性を考えて逃してくれたのだ。

それもまた、諏訪には妙に腹立たしくてならなかった。

(馬鹿にするな……っ)

心の中で悪態をつくが、それでも心のどこかであの男の監視から逃れられたことに安堵《あんど》もしている。

諏訪はいくつか料金所をやり過ごしてから、一般道に降りた。そして約一時間かけて街中まで戻ると、百貨店の駐車場に車を突っ込んでその中を適当に歩き始める。

平日だからか、年配の女性や大学生らしい男女の姿ばかりで、諏訪のようにスーツ姿の男性は比較的少なかった。女の匂いがする化粧品売り場は足早に通り過ぎ、エレベーターでメンズファッションのフロアに向かう。

さすがにこのあたりは人が少なく、諏訪はようやく落ち着くことができた。

（まるで、逃亡者だな……）

軽くため息をつき、ブラブラと歩きながらブランド物の小物やブリーフケースを少し見て回った。普段はあまり来ないが革靴の専門店などもあり、しばらく時間をつぶす。

そして、無意識のうちに紳士服売り場に足が向かっていた。

「いらっしゃいませ」

店内に入ると、年配の男性店員が慇懃《いんぎん》な態度で諏訪を迎えた。教育の行き届いた店員は背筋も伸びており、スーツの着こなしもきちんとしていた。

ネクタイのセンスも悪くない。

「スーツをお探しですか」

「ええ。まぁ」

「今年の冬は、こういった色合いのものが人気のようです。お客様は細身でいらっしゃいますから、こちらのタイプなどお似合いかと……。どうか、気になったものがあれば、羽織られてみてください」

「ありがとう」

いい生地を使っているのは、触れてみてすぐにわかった。既製品ではあるが、品質はどれも上級のものを揃《そろ》えている。生地を確かめると、榎田の店でもよく目にするマーチャントや名門ミルの布を使った物ばかりだった。

榎田の店を避けたつもりだが、逆にあの心優しい友人を思い出してしまい、仕事もせずに木崎から逃げ回ってこんなところで時間をつぶしている自分が情けなくなった。

今頃、榎田は自分の店の二階で、大下とともに仕事に勤《いそ》しんでいるだろう。純粋な目をし、無心で針を動かしているはずだ。

そう思うとつらくなり、諏訪は店を出ようとしたのだが、その時店内に女性客の姿があるのに気づいた。真剣な目でネクタイを見ている。

「あ……」

向こうも諏訪の姿に気づいたようで、手に取って見ていたネクタイを元に戻すと、すぐに近づいてくる。女性はあまり得意ではないが、彼女はそうでもなかった。

諏訪が置かれている立場からしても、無下にできる相手ではない。

「こんにちは、諏訪さん。偶然ですね」

「はい。ご無沙汰《ぶさた》しておりました。今日はお買い物ですか？」

「ええ。父の誕生日が近いので見に来たんですが、よくわからなくて」

桐野《きりの》優花——芦澤の組の組長・桐野康光《やすみつ》の孫娘である。

とても極道の娘とは思えない、上品で控えめな女性だ。どちらかというと、榎田の側《がわ》にいる人間といってもいい。

父親は康光の実の娘の婿養子だが、己の度量を見極めて組の跡目争いから早々に身を引いて特別顧問として裏方に回っており、そういった欲のなさを受け継いでいるのだろう。

けれどもただの世間知らずなお嬢さんではなく、芯《しん》の強さも感じさせるような人物だ。

その時ふと、視界に若い衆の姿が映り、諏訪は彼女の気持ちを推し量った。なるべく目立たないようにはしているが、どうしてもわかってしまう。

「いつも大変ですね。満足にデートもできない」

「実はちょっと窮屈で……」

優花は諦《あきら》めたような笑みを浮かべた。

組長の孫娘とはいえ、ごく普通の女性だ。慣れていても、四六時中舎弟がどこかで自分を見張っているとそう言いたくもなるのだろう。

諏訪もこのところ木崎につきまとわれていたため、気持ちはよくわかる。

「組長はお元気ですか?」

「ええ。相変わらずです。今日も朝からゴルフに……」

「そうですか。お元気ならよかったです」

「健康にもいいので、私も賛成……」

彼女はそこで言葉をとめた。

何かに気を取られているような顔で、諏訪の肩越しに何かを見ている。振り返ってそちらを見ると、そこには木崎がいた。

「！」

撒いたと思っていたのに、車に発信機でもつけていたのだろうかと、澄ました顔で優花に軽く礼をする男に再び苛立《いらだ》ちを覚える。自分の力で、あの男の感情を揺さぶることができたら、どんなにいいかと思った。

しかし木崎にとって、それほど価値のある存在とは思えず、敗北感のようなもので心がいっぱいになる。

「木崎さんは、いつも芦澤さんの側《そば》にいるんだと思ってました」

「実は今ちょっとゴタゴタしてまして。わたしに危険が及ぶかもしれないと、気を利かせて木崎さんをつけてくれたんですよ」

「じゃあ、今は諏訪さんのボディガードを？」

「ええ。そのようなものです」

優花が頰《ほお》を染めているのを見て、わかりやすい女性《ひと》だと、口許に笑みを浮かべた。お人好しの

友人も、彼女と同じですぐに顔に出してしまう。

女に興味がない諏訪でも、優花がどれだけ魅力的なのかよくわかる。

子供の頃から、自分よりいくつも年上の若い衆に頭を下げられてきたことだろう。それなのに、我《わ》が儘《まま》なお嬢様といったところがまったくない。

親も祖父も極道だというのに、育てられ方がよかったのか、どこにでもいるごく普通のお嬢さんという印象である。

諏訪は非の打ちどころのない彼女を見て、木崎の相手としては申し分ない相手と思った。

断るつもりと木崎は言ったが、彼女にその気がある以上、自分が考えていることは決して悪くはないと納得させる。利用するようで多少気は引けるが、彼女自身にとっても木崎との話を推し進めるのは悪いことではないと思った。

今はまだ榎田の存在が心にあろうとも、決して報われぬ相手だ。

多少強引な真似くらいしないと、あの朴念仁はいつまでも片想いをやめないぞと嗤《わら》い、そして作戦を実行に移す。

「よかったら、一緒にお茶でもいかがです?」

「ええ、もちろん」

「木崎さんも同席させましょう」

「え」

「今はわたしのボディガードですから」

「でも、きっとご迷惑です」

その口振りから、木崎が組長に前向きな態度を見せていないことは想像できた。俯《うつむ》いてしまった彼女からは、申し訳ないという思いが感じられる。

相手が組長の孫娘で、なおかつ自分の気持ちが報われないとわかっているなら、出世するチャンスを前に多少迷いくらいするだろうにと、諏訪は呆《あき》れた。

本当に欲のない男だ。

「もしかして、木崎さんから何か？」

「え？」

「すみません。余計なお世話かと思ったのですが、あなたの気持ちを組長にお伝えしたのは、わたしなんです」

優花はハッとなって顔をあげたが、またすぐに下を向いた。

「立場上、木崎さんが私とのことをはっきりと断れないのは知ってます。でもなんとなくわかるんです。私には興味がないって。それに……好きな方がいるんじゃないかしら」

女の勘だろうか。

あの朴念仁が誰かに惚れているなんて想像しがたいのに、胸に秘める想いをあっさり見抜くなんて、さすがだと思わずにはいられなかった。

そして、自分の憧《あこが》れでもある友人の姿を思い出す。

「いえ。きっと木崎さんは、あなたが組長の孫娘だということに遠慮してるんじゃないかな。それに、好きな人はいないと思いますよ」

「そうでしょうか」

「あの男は不器用なだけなんですよ。責任ある仕事を任せられているから、恋愛モードになれきれないだけです。わたしは結構脈ありだと思いますよ。優花さんは、木崎さんが好きなタイプの女性ですし」

「そんな……」

「だから、せっかくなので一緒にお茶でも飲みましょう。ね？」

必死で彼女を説得する自分が滑稽《こっけい》だった。

それでも、木崎と彼女が結婚でもすれば、自分はこの苛立ちから解放されるという思いから抜け出すことはできない。

他人の恋愛に口を出し、あまつさえ成就させようなんて自分らしくないと思うが、今の諏訪はそれほど追いつめられていたのだった。

妙な気分だった。

ホテルのラウンジに移動した諏訪たちは、テーブルを囲んで座っていた。優花は緊張した様子でメニューを開いて見ている。恥ずかしいのか、木崎と目を合わせようとはしない。

「あの……木崎さんは、何を飲まれます？」

「いえ。わたくしは同席するだけで」

「優花さんの誘いを断る気ですか？　まったく、女性に関しては融通が利かないんだから。大体ね、そんな無表情な顔で地蔵みたいに座っていられたら、リラックスできないじゃないですか。座ったからには何か口にしないと、こっちも何も注文できません」

「そうですね。申し訳ありません」

「まったく、これだから」

諏訪は、大袈裟《おおげさ》なジェスチャーで呆れてみせた。

自分でもはしゃいでいるなと思った。

わざと明るく振る舞い、彼女に同意を求め、木崎が乗り気でないのは単に不器用な男だからと印象づける。

そんな諏訪を木崎はどう思っているのか——。

いつもと変わらない表情で座っているだけだ。

「ほら。何か注文して」

「では、コーヒーを」

「わたしは紅茶にしようかな。優花さんは何にされます?」

「ミルクティに……」

ようやく注文を終えると、今度はなかなか喋《しゃべ》らない木崎に口を開かせるために、さまざまな話を振って質問を並べ立ててみた。

仕事の話や食べ物の好み。自分でもくだらないと思いながらも、普段どんなテレビを見ているかなんて質問までしてみせる。飲み物が運ばれてくると多少は間を持たせられるようになったが、それでも木崎の口数の少なさには手を焼かされた。

まるで、難攻不落の要塞《ようさい》に挑んでいる気分になる。

それでも少しずつスムーズな会話ができるようになり、雰囲気もよくなっていった。

彼女の優しさが、木崎を変えているのかもしれない。

「あ、そうだ。優花さんは顧問の誕生日にネクタイを買われるそうですよ。木崎さん、一緒に見てあげればいいのに」

「そんな……っ。お忙しいのに、ご迷惑です」

「いえ、そんなことはございません。ただ、わたくしのセンスでは、満足されないのではないかと」

「そんなことないです。今日のネクタイも素敵ですし。ただ、お忙しいから……」

「じゃあ決まりだ。今日の残りは、木崎さんをお貸ししますよ。これから二人で行ってくるといい。帰りに食事でもしてきたらどうです？　木崎さんは、いつも芦澤さんの下で仕事ばかりしていて、色気のない生活を送ってるでしょうから、たまには優花さんが息抜きをさせてあげてください」

カップに口をつけていた木崎が、無言で視線をあげ、諏訪を見る。非難めいた視線だった。

芦澤の命令で自分の側にいるのに、こんな形で仕事を放棄させようとしているのだ。堅物の男なら、文句の一つも言いたくなるだろうと諏訪は思った。

けれども、もう遅い。

ここで彼女の買い物につき合わないと、迷惑でないという先ほどの言葉を否定するのと同じだ。

勝手なことを……、と言いたそうな木崎を見て、わざと微笑を浮かべてやる。

「いいですよね、木崎さん。わたしは今日もオフだし、これから自宅に戻りますからボディガードも必要ないですし」

「わかりました。わたくしでよければ」

「本当にご迷惑ではないですか？」

「はい。お嬢さんのお手伝いができるのなら」

半ば強引に二人のデートの口実を作った諏訪は、まだ注がれている木崎の視線に気づかないふりをして紅茶を最後まで飲み干した。しかし、いつまでも諏訪を睨《にら》んでいるわけにもいかないとわかっているようで、木崎は優花とどの店に行こうかと話し始める。

そんな二人を見ていて、彼女はもしかしたら本当に木崎の心を射止めてしまうのではないかと思った。

他人を気遣う優しさを見せる優花は、木崎が密《ひそ》かに想いを寄せている相手に似ている気がするのだ。誠実な仕立屋と、彼女のイメージが被《かぶ》る。

「では、わたしはお先に失礼します。ここはわたしが払っておきますね」

「あ、でも……」

「いいんですよ。では、ごゆっくり」

諏訪が立ち上がると木崎は何か言いたげな顔をしたが、思いとどまったようで軽く頭を下げただけだった。

ラウンジを出たところで振り返ると、木崎の広い背中と優花の横顔が見えた。恥じらいながら何か一生懸命話しているのを確認し、再び歩き出す。

優花のボディガードをしている舎弟の一人と目が合ったが、諏訪はなぜか自分が軽蔑《けいべつ》されているような気がした。

「諏訪さんから電話をかけてくれるなんて、めずらしいね。びっくりした」

太陽が沈む頃、諏訪は涼しい目をした若い男と一緒にいた。

気温はグッと下がり、外を歩いている人々は皆コートに身を包んでいる。

男はWEBコンサルティング会社の代表取締役で、諏訪のセックスフレンドだ。

若いが、持ち前のフットワークのよさとアイデアで、あっという間に業績を伸ばした。傲慢なところがあるが、若さゆえと思えばそれも許せる。長身で見た目もいいうえ、セックスのテクニックもなかなかいい。

しかし、そんな理由でこの男を今夜の相手に選んだのではなかった。

ラウンジを出たあと、携帯に残していた着信歴を見て、最初に出てきたセックスフレンドだったからだ。他の男の履歴が先に出ていたら、そっちを誘っただろう。

町内会のくじ引きとさほど変わらない。

「どうする？　何か食べたいのある？」

「若い男」

「まだこんな時間なのにホテル直行？　お腹空《す》いてないの？　俺、仕事放り出してきたんだけどさ、昼も抜きだったんだよね。どっか途中で食べない？」

「いいよ」

正直面倒だと思ったが、言い訳を考えてこの場を去り、他の男を呼び出すほうが手間がかかると思って素直についていくことにした。

連れていかれたのはホテルの中にあるイタリアンレストランで、若い女性も多く、店内は賑《にぎ》わっている。

「どれにする?」

「軽めのがいいな」

「じゃあ、コースじゃなくて単品で注文しようか」

諏訪はワタリガニのパスタとサラダ、そしてワインは赤をグラスで注文した。

このあと、ベッドの上で暴れることを考慮し、軽く済ませる、男のほうもワインを控えめにしていた。

「また電話してきてくれて嬉《うれ》しいよ。なんで急に連絡してきたの?」

「さぁね。単なる気まぐれだよ」

「そうは見えないな。なんかあった?」

肘《ひじ》をついて手を口のところで組み、じっとこちらの表情を窺《うかが》っているのを見て、こういう男を好きになればよかったのかもしれないと思った。若くても男としての魅力は十分に備えており、顔やスタイルがいいだけの中身のないガキとは違う。

☆お買い上げ書店　　　　　　市区町村　　　　　　書店

☆アズ・ノベルズをなんでお知りになりましたか？

a.書店で見て　b.広告で見て（誌名　　　　　　　　　　）　c.友人に聞いて
d.小社ＨＰを見て　e.その他（　　　　　　　　　　　　　）

☆この本をお買いになった理由は？

a. 小説家が好きだから　b.イラストレーターが好きだから　c.表紙にひかれたから　d.オビのキャッチコピーにひかれたから　e.あらすじにひかれたから
f.友人に勧められたから
g.その他（　　　　　　　　　　　　　　　　　　　　　）

☆カバーデザイン・イラストについてのご意見をお聞かせください。

☆あなたの好きなジャンルに○、苦手なジャンルに×をつけてください。

a.学園もの　b.社会人もの　c.三角関係　d.近親相姦　e.年の差カップル
f.年下攻め　g.年上攻め　h.ファンタジー　i.ショタもの
j.その他（　　　　　　　　　　　　　　　　　　　　　）

☆あなたのイチオシの作家さんはどなたですか？

小説家（　　　　　　　　　　　　　　　　　　　　　　）
イラストレーター（　　　　　　　　　　　　　　　　　）

☆この本についてのご意見・ご感想を聞かせてください。

ご協力ありがとうございました…………………………………………

おそれいりますが
50円切手を
お貼りください

郵便はがき

101-0051

東京都千代田区
神田神保町1-19
ポニービル3階

株式会社イースト・プレス
アズ・ノベルズ係 行

お買い上げの
本のタイトル

ご住所　〒

電子メールアドレス

（フリガナ）

お名前

ご職業または学校	年齢	性別
	歳	男・女

アズ・ノベルズをお買い上げいただき、ありがとうございました。
また、ご記入いただきました個人情報は、企画の参考以外では利用することはありません。

素直で可愛《かわい》くて、野心がある。

それでも、セックスの相手としか見られないのは、どうしてだろうと考えた。

芦澤のような男とつき合ったからなのか——。

確かに、芦澤はただのできる男とはレベルが違う。

危険でセクシーで、セックスも抜群だ。財力もあり、やることなすことすべてが桁《けた》違いで常識外れだ。しかも、それだけではない。榎田のように無欲な男の心を奪ってしまう不思議な魅力も持っている。

けれども、芦澤が原因とは思えなかった。極上の男ではあるが、それ以上の関係を望んだことなど一度もない。

そして、不意に自分を苛立たせる人物の顔が脳裏をよぎった。

あの無表情な男が、女の買い物につき合っていると思うと、笑えた。嫌な笑みだった。

「どうしたの？」

「いや、別に」

「他の男のことでも考えてた？」

意地悪なことを言う年下のセックスフレンドに、少しムッとする。

「もしそうだったら？」

「このあとベッドで苛《いじ》める」

男はニヤリと笑ってから、「行こうか」と言って諏訪の返事も待たずに立ち上がると、さっさと会計を済ませてからロビーに向かった。チェックインしたあとは慣れた仕草で諏訪を促し、降りてきたエレベーターに乗り込む。

いきなりキスをされ、諏訪も応《こた》えた。

さすがに若い男は違う。もうビンビンに勃《た》たせているのをスラックス越しに感じ、早く部屋で愛されたいと思った。

早く、何もかも忘れたいと……。

「ねぇ、今日はすごくやりたい気分？」

「まぁね」

「何かあった？　面白くないことがあったたって顔してる」

その言葉に再び木崎のことを思い出してしまい、無性に腹立たしくなった。

これから男と愉《たの》しもうという時に、わざわざ自分を軽蔑している無愛想な男のことを思い出して気分を削《そ》がれるなんて、馬鹿馬鹿しいと思う。

「嫌なら、他の男を探すけど」

「そんなこと言ってないよ。諏訪さんが俺の躰で自分を慰めたいなら、大歓迎だ。俺のこと、本気になってくれるかもしれないだろ？」

余裕の態度を崩さないところを見ると、結局、男のほうも諏訪に対して本気でないということだ。お互いさまなら、遠慮はいらない。

部屋に入るなり、諏訪は男の首に腕を回して濃厚なキスをした。相手も諏訪の腰に腕を回して情熱的に応える。

「今日は野獣になろうかな」

「ん……っ」

乱暴な愛撫《あいぶ》を受け入れながら頭に手を回し、熱い吐息を漏らすが、諏訪の脳裏に浮かんだ木崎の姿は居座り続けた。何度打ち消そうとも、どんなに激しい愛撫をされようとも、消えてくれない。

今頃、木崎は優花と一緒にネクタイを選んでいるだろう。いや、もう買い物を終えて、食事をしているところだろうか。

もしくは――。

若い男の求めに応えながら、諏訪はそんなことばかり考えていた。木崎のことなど思い出したくもないというのに、優花と一緒にいるところばかりを想像してしまうのだ。

無愛想な男と榎田に似たタイプの極道の娘とは思えない優しい彼女が、なかなか弾まない会話にお互いを意識しながらテーブルを囲んでいるところが目に浮かんだ。

きっと、彼女のことも好きになる。

あのサイボーグのような男は、女のことは優しく抱くのだろうか――。

まだ記憶に新しい木崎との行為が、諏訪にそんな疑問を抱かせる。

諏訪に対しては、いつも乱暴だ。感情のない男が、諏訪を抱く時だけは変貌《へんぼう》するのだ。

行きずりの相手に暴行されて帰ってきた時は、殴られてまで抱かれたい男は誰だと罵《ののし》りながら諏訪を抱いた。木崎の猛《たけ》りに躰を熱くした諏訪に、こうやって男も咥《くわ》え込んだのかと言って責めたりもした。

その言動すべてから、自分のことを軽蔑しているのだとわかる。

「ね、どうしたの？　今日はノリノリだね」

「黙れ」

「諏訪さんさ、本当は好きな人でもいるんじゃないの？」

クスリと笑いながらスーツの上着の中に手を差し入れ、ワイシャツの上から胸の突起をつまんで弄《もてあそ》ぶ男に応えるよう、頭をかき抱いた。諏訪の中心も滴を垂らして張りつめているが、心と躰が剝離《はくり》しているような気がしてならない。

「今日はいつにも増して、ヤケクソって感じ」

「……っく、……そこ、……もっと、強くいじって」

「ここ？」

「そう……、そこ、だ……、……はぁ……っ」

木崎など好きではない――急にそんなことを考えてしまう自分に、腹が立った。わざわざ言い聞かせなくてもわかっている。本当のことだ。

それでも、何度も同じことを繰り返し考えてしまう。

「他の男の名前を呼んでみる?」

必死で木崎を頭の中から追い出そうとしているのに、他人の努力を無駄にするようなことを言う男に、諏訪の我慢も限界を超えた。

「いい加減にしないと、帰るぞ」

突き飛ばし、イライラと髪の毛を掻き上げる。部屋を出ていこうとしたが、後ろから抱きすくめられたかと思うと首筋に顔を埋められた。

「悪かったよ。そんな怒るなって」

声が笑っており、本当に反省していないのは明らかだった。

普段の諏訪なら、こんな失礼な相手は部屋に置いて帰るだろう。年下で多少やんちゃなところがあろうとも、自分が手玉に取られるようなことは許さない。

けれども今日は違った。

自分を押し殺しても、誰かに抱かれずにはいられない。

「もう言うなよ」

「わかりましたよ、女王様」

横抱きにされて抱えられたかと思うと、そのまま部屋の奥まで運ばれ、乱暴にベッドに下ろされた。そして、ネクタイを引き抜かれてシャツのボタンを手早く外される。

諏訪を見下ろしながら自分のネクタイの結び目に人差し指をかける男の仕草を見て、ようやく木崎から解放されると思った。

これ以上自分を詮索《せんさく》されないよう、さっさと突っ込んでくれと言いたくなるのを我慢して、相手のペースに合わせて服を脱いでいく。

生意気なところがあるが、履歴に残っていた最初の番号がこの男のものでよかったと思った。

この男にはセックスのテクニックがある。少なくとも、溺《おぼ》れてしまえばこんな気持ちは忘れてしまう。だから早く、何もかも忘れる激しいセックスで自分を翻弄《ほんろう》してくれと願った。

「うん……っ、……んっ、……ん、んっ」

自分からキスをしながら、男の服も脱がせていく。

しかし、どんなにその愛撫が巧みでも、夢中になれないのだ。

丹念な愛撫などいらない。さっさと犯して欲しい——そう思いながらのセックスは、少しも木崎を忘れさせてくれはしない。男が諏訪の躰を舐《な》め回すことに満足し、望んでいた通り、欲望を突き立てて諏訪を犯し始めても、それは変わらなかった。

「あ、すごいな。諏訪さん、すごい、締めつけてくるよ」

「はぁ……っ、あっ、……まだ、足りない……っ」

言うなり身を起こして馬乗りになり、腰を振って若い男の躰を貪った。生気を吸いとるように喰《く》いしめ、味わい、自分の中の牡《おす》を感じる。

けれども、やはり同じだ。

どんなに激しく突き上げられても、木崎は頭の中から消えるどころか、ますますはっきりと浮かんでくる。組長の孫娘相手に軽々しい行動などできないとわかっているのに、木崎が優花を抱いているところを想像してしまうのをとめられない。

「ねぇ、諏訪さんの好きな人って誰？」

「黙れ……っ、あ、あっ、——ンァ……ッ」

どうしてあの男の姿が消えないんだ……、と苛立ちを抱えながら、諏訪は夢中になれないセックスに身を委《ゆだ》ね続けるのだった。


若い男の躰を喰い尽してきた諏訪は、重い足取りで自分のマンションへと戻ってきた。

車を運転するのも億劫《おっくう》で、駐車場に車を滑り込ませた時はようやく着いたと、躰を脱力させてヘッドレストに頭を預けてしばらくぼんやりしていた。

このまま眠りたかったが、さすがにそうするわけにもいかず、躰に鞭打《むちう》つような気持ちで車をで降りる。

「何をされてたんです？」

「！」

柱の陰から出てきたのは、思いもかけぬ人物だった。疲れのせいか、すぐ近くに立たれるまでまったく気づいていなかった。

まるで死神にでも取りつかれたような気分で足をとめ、ため息交じりに吐き捨てる。

「……なんですか。こんな時間まで監視ですか」

「どこに行かれてたんです？」

「木崎さんには関係ないでしょう？」

「質問の答えになってません。どこに行かれてたんです？」

あまりのしつこさに辟易《へきえき》する。

どうしてこの男は、自分をこんなに苦しめるのだろうと思った。

「男と会ってたんですよ。せっかく愉しんできたのに、どうしてそう余韻をぶち壊すようなことをするかなぁ。木崎さん、本当に空気を読まないんですね」

「手当たり次第だと、また殴られますよ」

諏訪は、舌打ちしたい気分だった。

行きずりの男とホテルに行き、殴られて帰ってきた時のことを思い出す。

あの時も木崎に捕まって説教をされた。しかも、あの時はポケットにドラッグを入れていたのだ。殴られた代償として手にした小さな錠剤はあっさりと木崎に奪われ、そして抱き合うはめになってしまった。

忘れたいのに、忘れられない。

「今日は大丈夫ですよ。相手はちゃんと選びましたから」

「そういう問題ではありません」

「じゃあ、どういう問題なんです！」

思わず声を荒らげるが、怒鳴ったり怒ったりしてみせても、このサイボーグは何も感じないだろう。そう思うと、虚しくてならなかった。

力なく、嗤う。

「いい加減になさい」

「いい加減にしろってのは、こっちの台詞《せりふ》ですよ。芦澤さんの命令に忠実なのはわかりますが、限度ってものを覚えましょうよ。ところでデートは愉しめました？」

わざと笑ってやると、木崎の表情に一瞬だけ感情のようなものが現れた。忌々しいと思っているのか、それともこんな淫乱《いんらん》に自分の恋愛のことをとやかく言われたくないのか。

どちらにしろ、いい感情ではないのは確かだ。

「堅いこと言わずに、優花さんとつき合えばいいじゃないですか。これ以上ないってくらいの条件の揃った人ですよ」

「それこそ余計なお世話です」

「いつまで、報われない気持ちを大事に抱えてるんです？」

「話を逸《そ》らさないでください。今はあなたの話をしているんです。いつまでも自分を傷つけるような真似はよしなさい。どうしてそんなふうに……」

「——男が欲しいからって、前に言いませんでした？」

木崎の言葉を遮るように、強い口調で言ってやる。自分を睨みつける木崎の表情には、先ほどより明らかな苛立ちが浮かんでいた。

もっとこの男を苛立たせたくて、さらに続ける。

「セックスが好きなんですよ。あそこに突っ込んでもらうのが大好きなんです。相手なんて誰でもいい。やりたい時に犯してくれる男がいればいいんです」

「本当に、誰でもいいんですか」

「ええ。前にも言ったでしょう？　わたしがしたい時に飛んできてくれる男なら、誰でもいいって。あなた以外なら、誰でもいいってね！」

挑発的に言うと肩を強く摑《つか》まれ、壁に押しつけられて上から睨まれる。

「ここでわたしを犯すつもりですか？　前の時のように、相手になってあげてもいいですけど」

唇が触れる寸前、諏訪は冷たく言い放った。

本当は、怖かっただけだ。

木崎とキスをするのが怖かった。口許には笑みを浮かべているが、本当は躰が硬直して、息もろくにできないでいる。

そして同時に、このまま唇を奪ってくれればいいのにと思っている自分がいるのにも気づいていた。唇を差し出して誘ってしまいそうになるのを堪《こら》えるのに必死だった。

諏訪の肩を摑んだ木崎の手からゆっくりと力が抜けていく。

「できないなら、最初からやらないことです」

そう言い残してエレベーターに乗り込むと、諏訪は自分の部屋へと向かった。ドアを開けて部屋に飛び込み、しっかりと施錠しても、あの男はまだ自分を監視しているだろうと思うと心に平穏なんか訪れてはくれなかった。

「ったく、なんなんだ……」

それは木崎に対する言葉でもあったし、自分に対する言葉でもあった。

あんな男、好きではないのに、どうしてこんなにかき乱されるのだと自問する。

諏訪は、靴を揃えもせず脱ぎ捨てて部屋にあがった。そして、暗がりの中に留守電が赤く点灯しているのに気づく。

電気をつけ、一度キッチンに飲み物を取りに行ってから再生ボタンを押した。レモネードを疲れた躰に注ぎ込みながら、ネクタイを緩める。

『――拓也《たくや》』

「！」

その声に、諏訪は手をとめた。

最後にかけてきたのはいつだったか。

半年前――いや、一年近く前だったかもしれない。よく覚えていないのは、相手に対して関心を持っていないからだ。元からいなかったというほど、普段は忘れている存在。

もしかしたら関心がないのではなく、故意にその存在を自分の中から消してしまっているのかもしれない。

自分の母親の声に、諏訪はしばらく身動きが取れなかった。

『母さんだけど、あんたに相談があるのよ。ねぇ、ちょっと会ってくれない？』

媚《こ》びを売るような言い方だった。普段は生命保険の外交員をしているが、水商売の女のような喋り方が身についているのだ。ゲイの息子に対して色目を遣っても無駄どころか逆効果だというのに、いつも女の匂いをぷんぷん漂わせている。

諏訪は、思わず嗤った。

どうしてこんな時に……、と言いたくなるタイミングに、あの女らしいとも思う。

諏訪に言わせると、息子を苦しめるために存在しているような人物だ。今も、電話の向こうで息子が苛立っているのを想像して嗤っていそうな気さえしてならなかった。

あの女と同じ血が自分に流れているのかと思うと、虫酸が走る。

けれども、確実にあの女の息子だというのも身に沁《し》みて感じるのだ。

男好きで、誰にでも脚を開く自分はまさにあの女の息子だ——諏訪はそう痛感していた。自分が一番嫌う女と同じように、男を漁ることにかけては余念がない。

ほんの一時間ほど前にセックスフレンドとベッドを揺らしてきただけに、いつもより自分と実の母親との繫《つな》がりを感じずにはいられなかった。単に生物学的な関係にとどまらない。二人の共通点は血よりも濃く、忌々しいものだ。

「はっ、今日は厄日だな」

諏訪はそう呟《つぶや》いてから、留守録を消去した。こちらから連絡をしてやる義理はない。そのうちまたかかってくるのも、わかっている。

どうせ金だ。

あの女の用件が、それ以外のことだったためしがない。

これまでも、何度もああやって息子に媚びを売ってきた。ろくに愛情も注がず邪魔者扱いしてきたというのに、諏訪が金を手にした途端、取り入るようになったのだ。プライドなど欠片もない女。

男好きのする化粧で息子に金の無心をする女の顔を思い出し、「一度だって母親だったことはないくせに……」と唇を歪《ゆが》めることしかできなかった。

諏訪が桐野組長のもとへ呼ばれたのは、母親から電話があってしばらくしてからのことだった。どうやら、優花の買い物に木崎をつき合わせるよう諏訪が仕向けたことを、舎弟たちが報告したらしい……。

応接室に通された諏訪は、貫禄《かんろく》のある男を前に、早く質問に答えろと視線で急《せ》かされている。

「余計なお世話でしたか?」

「いや。優花は楽しんできたみたいだがな」

「それはよかったです」

「何を企《たくら》んでいる?」

紅茶のカップに手を伸ばそうとしていた諏訪は、一瞬手をとめた。視線をあげると、射抜くように自分を見つめる桐野組長と目が合う。

視線だけで人を殺せるのではないかと思いたくなる鋭さだった。極道には慣れているつもりでも、ここまでの大物を前にするとさすがに緊張してしまう。

「いいえ、別に何も……」

ひと口だけ紅茶に口をつけ、カップを戻す。一つ一つの仕草をじっと見られていると、見定められているのだとわかる。

「まぁ、そういうことにしといてやろう」

一筋縄ではいかない男だ。諏訪の言葉など、まったく信用していない。諏訪が単なるお節介で人の恋路に口を出すような男でないのを、ちゃんとわかっている。

しかし諏訪も、ここで怖《お》じ気《け》づくようなタイプでもなかった。

見透かされていても、自分の計画を突き進めるくらいのふてぶてしさはある。

「前にお嬢さんが木崎さんに気があると申し上げた時は、わたしのお節介をお喜びいただけたと思ったのですが」

「優花が幸せになるなら、どんな男の忠告もありがたい。だから、あの男にも一度話をしたんだが、優花に叱《しか》られたよ。余計なことはするなってな」

あの控えめな女性が自分の祖父を叱咤《しった》する場面を想像し、ヤクザも孫娘には弱いのかと思えて、笑いが込み上げてくる。

優しい中にも強さがあるのは、榎田も同じだ。

やはり、木崎が優花に惹《ひ》かれるようになるまでに、時間は必要なさそうに思えた。無理に二人の仲を取り持とうとしなくても、いずれそうなる。

そう思うと、画策していることが虚しくなってくるのだ。なぜこんなに必死になっているのかと、馬鹿馬鹿しくすらなった。

それでも、この猿芝居は続けなければならない。

「心の優しい方です。組長から話があれば、木崎さんは断りたくても断れないのをわかっているのでしょう。だから、フェアでないやり方はお好みにならないのだと」

「まぁ、確かにそういう部分はあるだろうな」

「ですが、桐野組長。あの男は昔気質《かたぎ》でちょっといない逸材ですよ。優花さんの相手としても、十分な度量の持ち主だと思っております」

「なぜ、そこまであの男を推すんだ?」

「あなたに貸しを作っておきたい、とでも言っておきます。桐野組の若頭が、ああいうことになったんです。わたしとしては、安全パイをもう一つ作っておきたいってところでしょうか」

桐野組長の表情が少しだけ変わった。

芦澤は次期組長として申し分のない男だ。桐野組長もそう思っていたに違いないが、男の恋人がいることが、この前の事件の時にバレている。舎弟頭の伊藤《いとう》の罠《わな》に嵌《は》められ、言い訳のできない状況に陥って真相を話したのだ。

娘婿は早々に顧問として裏方に回り、芦澤と勢力を二分していた舎弟頭の伊藤は組を裏切っている。榎田のことがなければ、問題なく芦澤を跡目とするところだろうが、ヤクザは古い男社会だ。

愛人くらいならまだ許されただろうが、榎田を本命だと言いきった男に自分の組をこのまま譲っていいかどうか、迷っているはずだ。

「だが、あの男は優花との話に乗り気ではないようだ。誰か好きな女がいるなら、かえって優花を苦しめることになる」

「いえ……。そんな人はいないでしょう。硬派な男です。ただ、今は仕事のことしか考えられないだけなのでは？　一人の人を想い続けるようなタイプですから、あの男が相手なら、女はきっと幸せになるでしょう。何より、優花さんの反応がそう言ってます。失礼ですが、かなりご執心のようですし。ホテルのラウンジで一緒にお茶を頂いた時は、誰の目にも特別な想いを抱いているのが明らかなほどでした。それほど、心を寄せているということです」

優花の幸せを前面に出すと、桐野組長は「うむ」と小さく言った。

ヤクザも人間だ。

諏訪に下心があるとわかっていても、その言い分には頷《うなず》かずにはいられないらしい……。

「お前も嫌な男だな」

「お褒めいただき光栄です」

「もう一度、木崎に働きかけてくれるか」

「はい、もちろんです。優花さんの幸せのお手伝いをさせていただきます」

「頼むぞ」

「では、わたしはこれで失礼します」

深々と頭を下げ、退室する。

桐野邸を出た諏訪は、自宅に戻らず街の中心まで車を走らせた。

相変わらず木崎のマスタングが見えるが、このところ諦めの境地に入っていて、逃げる気すら起きなくなっていた。それどころか、今は晴れ晴れしい気分にすらなっている。

諏訪がなぜ桐野組長のもとへ行ったのか、木崎にはわかっているだろう。優花のことでまた自分が望まぬ忠告を組長にしたんだと、見抜いているはずだ。断るつもりだと言ったのに、諏訪が再び自分と優花の仲を取り持とうとしているとなれば、さぞかし腹立たしいに違いない。

おあいこですよ……、と心の中で呟き、自分の車に張りついている『野生馬』に向かって笑い、アクセルを踏み込む。

諏訪の行き先は、街中にある喫茶店だった。立体駐車場に車を停めて、店へ向かう。

時計で時間を確認すると、五分の遅刻だった。しかし、走ったりしない。たとえ二時間遅刻していたとしても、それは同じだ。

そして、自分が今待たせている女が、何時間だろうが待っているであろうこともわかっている。

母親から二度目の電話があったのは、今朝《けさ》のことだ。諏訪が電話に出ると、縋《すが》りつくような声でやっと連絡がついたことを喜んだ。

用件は、やはり金だった。

足りなくなったから、貸してくれというものだ。相変わらずの母親に、笑い声をあげそうになったのは言うまでもない。

あの女に金を貸して返ってきたことなど、これまでに一度もなかった。返してもらおうと思ったことも勿論《もちろん》ない。また、あの女がはなから返すつもりがないのも、わかっていた。

最初からもらうつもりなのに、くれとは言わないのだ。

妙なプライドだけは持っている。

そんな女に諏訪がこうしてわざわざ会いに行くのは、決して彼女の愛情が欲しいわけでも、大事に思っているからでもない。

母親の望み通りに金を渡そうとしている目的は、ただ一つ。

復讐だ。

諏訪は、自分の母親に復讐するために、呼び出されるとこうして会いに行く。

「いらっしゃいませ」

待ち合わせのカフェに入ると、母親の姿はすぐに見つけることができた。上品な空間では、妙に浮いているからわかる。

諏訪がゆっくりと近づいていくと、彼女はカフェに響き渡るような声をあげた。

「拓也。こっちよ！」

彼女は男と一緒だった。

三十代前半といったところだろうか。いかにもヒモといったタイプで、ロクデナシの匂いがした。あんな年下の男に入れ上げるなんてと、我が母親ながら呆れる。

男を自分に繋ぎとめておくために、いったいいくらつぎ込んだのか——。

確かに、諏訪の母親は美人で実際の年齢よりずいぶんと若く見えるのは事実だ。いつも自分が女であることを意識し、美容には金をかけてきたぶん、それなりの美しさは保っている。

けれどももう、ずいぶん歳《とし》だ。

男に金を絞り取られているのは間違いない。

そして、相変わらず品のなさが滲《にじ》み出ているのも否めなかった。三十を超えると人間の本性が少しずつ外見に出てくるというが、彼女はその典型だ。

造りが美しくても、品性がすべてを台無しにしている。

自分もそのうちこんなふうになるのかと、節操なく男を喰いまくっている己のことを振り返ってみた。

自分が一番軽蔑する母親に、そっくりだと……。

「久しぶり」

「ほんと、久しぶりね。相変わらず立派なスーツなんか着てぇ、母さんの自慢だわぁ」

歯が浮くような台詞をよく言えたものだと思うが、顔には出さない。せいぜい息子に媚びを売れよと思いながら、二人のテーブルにつく。

「へ〜、その人が公《きみ》ちゃんの子か。あんまり似てないね」

「そう？　子供の頃はよく似てるって言われてたのよ。立派な息子でしょう？　ねぇ、拓也。それより持ってきてくれた？」

さっそく話を金のことに話題を移す母親に、もう少し待てないのかと、ますます気持ちは冷めていった。どんなに取り繕っても、本性は出てしまう。

まるで躾《しつけ》のなっていない駄犬だ。

待てと言われても、目の前の餌《えさ》に飛びつくことを抑えきれない。涎《よだれ》を垂らしながら、脇目《わきめ》も振らずに唸《うな》り声をあげながら貪り喰うのだ。

「悪いけど、今は手持ちがないんだ」

「え！　どうしてっ」

ほんの今までにこやかに話していたのに、途端に顔色が変わった。彼女の焦る表情を見て、腹の底から笑いたくなる。諏訪のひとことで、この女は一喜一憂するのだ。

自分の人生がかかっていると言わんばかりの反応を見ていると、母親のすべてを握っているようで、気分がよかった。

子供の頃は、顔色を窺っていたのは諏訪のほうだった。

「時間がなくてね、準備できなかった」

「どうして？　今行けばいいじゃない」

「待たせると悪いと思って」

「そんなのいいわよ〜。ちょっとでしょ。近くにATMはないの？　あるんじゃない？」

「ATMって百万までしか引き出せないからさ」

「半分でもよかったのに。残りはまた改めてでいいんだから」

歳を重ねた女が、鼻にかかった声で息子に媚びを売る——おぞましいが、母親が醜態を晒《さら》すほどに、諏訪の歪んだ心は喜びを味わった。

「貸さないなんて言ってないだろ？　振り込みするから、もう何日か待ってくれないかな」

「何日って、どのくらい？」

「はっきりはわからないよ。これでも忙しいんだ」

よく言う……、と自分の言葉に笑いが込み上げる。

今、諏訪は仕事を放り出しているのだ。銀行に行く時間なんていくらでもある。それなのに金をチラつかせてみせる己の醜悪さに吐き気を催した。

そうやって自分を貶《おとし》めてもなお、彼女を跪《ひざまず》かせたいのだ。

「なんなら、母さんがキャッシュカードを借りて自分でおろそうか？　二日に分けて引き出せば二百万になるわ」

そこまで言うとは思っておらず、どこまでも強欲な女だと罵りたくなった。けれども、そんなことをしたら、二度とこの楽しみが味わえなくなると思い、それだけはかろうじて我慢する。

「ごめん、指紋を登録してる生体認証対応のカードなんだよ。他人に貸せない」

「も〜、そんな意地悪言わないでよ〜。ね、お願い。急ぐのよ。せめて明日か明後日《あさって》には振り込んでくれないと困るの。ね？　ね？」

若い女のように顔の前で手を合わせて何度も頼み込むのを見て、「よくやるよ……」と心の中で吐き捨てた。

「じゃあ、無理してでも行くから、明後日まで待ってくれ。必ず振り込むから」

「午前中にお願いね。午後二時以降は翌日の処理になるから」

「わかってるよ」

「ありがとう〜。ほんと助かるわ〜。あんたみたいな子を持って、お母さん幸せよ。本当に、親孝行のいい大人に育ったね」

土下座せんばかりに喜ぶ母親を見て、内心どんな思いなのだろうと想像した。

子供の頃、さんざん息子を邪魔者扱いした女だ。金を稼げるようになっても、今さら愛情が湧いたなんてことはないだろう。男に捨てられたのを息子のせいにし、子供を罵倒《ばとう》するような女だ。今も、自分が男に何度も捨てられたのは、こぶつきだったからだと思っているに違いない。

それでも、金のためならどんな相手にも媚びてみせる。

二百万なんて、諏訪にしたら微々たる額だ。こんなはした金のために、この女は自分が嫌っている息子に土下座さえする――諏訪が母親に対する復讐は、そんな虚しいものだった。

自分でも相当病んでいるなと思うが、諏訪が自分の母親に会う理由は、これ以外にない。

「で、そちらは？　彼氏なんだろ？」

「やだ。はっきり言わないでよ。一緒に住んでるんだけど、彼氏って言われると照れるわね」

金が振り込まれるとわかったからなのか、彼女は上機嫌で自分の男を息子に紹介した。武井《たけい》と名乗った男も、金の目途《めど》がついて喜んでいるようだ。

友好的な態度で諏訪に接する。

「はじめまして。公ちゃんはすごいな。こんなデキのいい息子さんがいるなんて、びっくりだよ」

「でしょ？」

「ああ。俺とそんなに歳は変わらないのに、すごいよね」

「困ったな。そんなに褒めないでください」

わざと流し目を送ってやると途端に母の瞳に嫉妬《しっと》の色が浮かび、思わずほくそ笑んだ。

息子にライバル心を抱くのだ、この女は。

しかし、金を受け取るまでは、息子に媚びを売っていなければならない。さぞかし腹立たしいだろう。

（いいざまだ……。あんたにはお似合いだよ）

極上の笑顔を作り、男に意味深な視線を送った。

諏訪の見たところ、武井という男は若い時にホストをやっていた可能性が大きい。女の扱い方から、商売の匂いが漂ってくるのだ。しかも、かなりのやり手だったと見える。外見はさほどイイ男じゃなくても、女を上手く操る術《すべ》を知っている者はいる。たとえばセックスのテクニック。女から金を引き出すための道具として、それを磨き、武器にする。

「やっぱり公ちゃんの子だけあって、美形だね。女の子にモテるでしょう」

「でも、この子ゲイなのよ。女にモテても仕方がないの」

自分の情夫が、自分の息子の容姿を褒めることすら許せないらしい。諏訪の母親は周りに人がいるにもかかわらず、そんなことを言った。

母親の嫉妬に満ちた視線を浴びながら、唇を歪めて嗤う。

「そうなんです。わたしは異性に興味がなくてね。だから、デキはよくないんですよ」

「でも、今はそういう人への偏見って、ずいぶんなくなったよね。俺も気にしないタイプだし、隠すことはないよ」

「そんなのはテレビの中だけよ。一般の社会でゲイなんて言ったら、みんなおかしいと思うに決まってるじゃない」

「そんなこと言っちゃ駄目だよ。公ちゃんは母親なんだから、一番の味方になってあげなくちゃ」

「……っ、そ、それもそうね」

引きつる母親の顔を見て、笑い出しそうになる。

金は欲しいが、男が息子に少しでも好意を持つのは許せない――そんな彼女の気持ちが手に取るようにわかった。これまで、何度も金を渡してきたのに感謝の一つもせず、こうして金の無心をしている今ですら、対抗意識を燃やさずにはいられないのだ。

（もっと、狼狽《うろた》えてみせろよ。男が息子の味方してるんだ。悔しいだろう？）

余裕の態度で彼女の言葉を聞き流しているのは、衰え始めた女が必死で自分の息子と張り合っているのが面白いからだというのに、諏訪が少しも気分を悪くした態度を見せないからか、男は優しく諏訪に笑いかける。

「大丈夫、俺は偏見なんてないよ。俺なんかよりずっとしっかりしてる」

「もー、いやだ～。まさか、男にまで興味持ったんじゃないでしょうね。大事な息子に手ぇ出さないでよ」

彼女は必死だった。似合いもしない黄色い声をあげて、甘えてみせる。

息子になんて興味があったためしがないのに、『大事な息子』呼ばわりだ。諏訪の心がいっそう冷めていくのも当然だった。こんな年増の女をベッドで可愛がってくれる男なんて、そうそう見つからないだろうと思い、惨めな女だと蔑《さげす》まずにはいられない。

「そんなことないよ。俺は公ちゃん一筋なんだから」

男の言葉に諏訪の母親は機嫌を良くしたが、すかさず横から口を挟んでやった。

「わたしはいつもベッドの相手を探してるんで、男を試したくなったら連絡くださって構いませんよ」

「……え」

男は焦った顔をしたが、そこに嫌悪がなかったのを見逃しはしなかった。驚きはしたが、興味のある目をしていた。

揺さぶればぐらつく相手だと、確信する。

「た、拓也……っ。あんた、なんてこと……っ」

「冗談だよ、母さん」

母さん——虫酸が走る言葉も、今なら気軽に言えた。

これで復讐しているつもりになっている自分も馬鹿だと思うが、こんなものでは足りないという醜い感情も同時に抱いているのは否めなかった。

これまでは、金のために息子に頭を下げる母親を見るだけで満足した。数百万のはした金で、この女が自分の前に跪くだけで気分が晴れたのだ。

けれども、なぜか今はもっと残酷な気分になっている。

自分の母親の顔が嫉妬で醜く歪むところを想像し、それを実際に見てみたいと強く思うのだった。

母親たちと別れたあと、諏訪は自分の車を停めている駐車場に直行した。しかし、車に乗り込もうとしたところで木崎に捕まる。

気配を感じさせることなくすぐ背後まで近づいてきた木崎に、相変わらずな男だと思わず笑みが漏れた。

「またあなたですか。いったいなんなんです？」

「あの人に金を渡すんですか？」

「！」

諏訪は、すぐに言葉が出なかった。

話を聞いていたのか……、と思い、抜け目のない木崎に舌打ちしたい気分になる。

木崎がいつも自分の監視をしているため、あの喫茶店に入った時、ざっと周りを見渡してその存在を確かめたが、あの時は近くに姿を見つけることはできなかった。本当に盗聴器でも仕掛けられているんじゃないかと思うが、この男はそんなことをせずともいくらでも自分のことを探れるのだと思い直した。

だから、長年芦澤の右腕として働いているのだ。

この男の監視から逃れるのは、そう簡単なことでないと思い知らされる。

「よく似た親子でしょう？　昔から男を漁りまくっていたんですよ。自分の旦那《だんな》が生きてた頃からホスト遊びをしてたんだから、頭が下がりますよ」

「そんなことは聞きたくありません」

「じゃあ、他人の会話を盗み聞きして何がしたいんです？　そんなことまで監視しろだなんて、芦澤さんも何を血迷っているんですかね」

「これは、わたくしの独断です。様子がおかしいので、聞かせてもらっただけです」

「お節介なんですね」

冷たく言って車に乗り込もうとするが、再び阻止される。

一瞬、木崎の匂いが鼻を掠《かす》めた。

スーツの匂いと、木崎の体臭だ。芦澤のようにトワレをつけないことは知っている。タバコも吸わない。けれども、確かに木崎のものだとわかる匂いだ。

木崎と躰を重ねたのは数回だが、そのたったの数回でこの男の匂いを躰が覚えてしまったというのか――。

諏訪は、焦りにも似た思いを抱かずにはいられなかった。

体臭と呼べるほどのものでもないのかもしれないが、諏訪の中に息づく何かがそれを感じ取ってしまう。そして、激しかった行為を思い出してしまう。

この男は何も感じてはいないとわかっているのに、自分一人が発情しているのが腹立たしくてならなかった。

いつも独り相撲なのだと、痛感させられる。

「あんなことは、もうおやめなさい」

「あんなことって……」

「わからないふりはやめてください。母親に金を見せびらかすことです。そんなことをしても、自分が傷つくだけです」

「どういう意味です？」

「あなたとあなたの母親の関係がどんなものだったかは存じ上げませんが、ああやって母親を金で自分の前に跪かせても、虚しくなるだけと言ってるんです」

「！」

自分の思惑を見抜かれていることに、心臓に冷水を浴びたような気分になる。

「そんなことはないですよ。愉しくてたまらない」

「そんなはずはない。嘘《うそ》に決まっている」

嘘なんかじゃない。

諏訪は、心の中で強く反論した——そんなことはない。

あの女が、金のために嫌いな息子に媚びへつらうのを見るのが楽しいのだ。どうして傷つく必要があるのだと心の中で訴える。

しかし、木崎の言葉にグラついていたのも事実だ。

母親から金の無心をされるたびに、言われた額を渡してきた。子供の頃は自分のほうが立場が弱くていつも怒鳴られていたのに、今はすっかり逆転してしまっている。さんざん自分を蔑んできた女を、今度は自分が蔑み、見下してやれるのだ。

しかし、いつまで金をチラつかせて自分の母親を跪かせれば、満足するのか——。

「誰かさんへの想いを認めようとしないあなたに、言われたくありませんね」

「どういう意味ですか」

「とにかく、余計な口出しをしないでください。あの女を苦しめるためなら、わたしはどんな男とだって寝てやりますよ」

「あなたって人は！」

木崎の目つきが変わった。

「——痛……っ」

「絶対にそんなことはさせません」

「そんなことさせないってね、なんの権利があって……っ」

肩を強く摑まれ、痛みに顔をしかめた。なんて馬鹿力だと罵倒してやろうとするが、また木崎の体臭が鼻を掠め、言葉が出てこない。

どうしてこんなに心臓が高鳴るのか、わからなかった。

単に腹を立てて興奮しているのか、それとも別の何かがあるのか——。

「あ、あなたに……何が、わかるんです」

やっとそれだけ吐き出し、顔を背ける。自分に注がれる木崎の視線が痛かった。

己の醜さをもっと見せつけてやりたいのに、同時にそんな目で見るなと訴える自分がいる。どうして木崎は、自分をこんなふうにかき回すのだろうと思った。

「わかりません。あなたが何を考えて、自分を傷つけるのか」

「もうやめてくださいよ。勝手な想像で好き勝手言わないでください」

二人の様子がおかしいのに気づいたのか、通りがかりの若い男が声をかけてくるが、木崎は振り向きざま冷たく言う。

「痴話喧嘩《げんか》ですから、どうぞお構いなく」

「……っ」

木崎の口から、そんな言葉が出るとは思っていなかった。

手っ取り早く追い払いたかっただけだろうに、何を驚いているんだと自分を嗤う。

通りがかりの若い男は、男同士での痴話喧嘩という言葉に呆れたのか、それとも木崎の視線に威圧されたのか、それ以上関《かか》わろうとはせず、足早に自分の車に乗り込んで駐車場を出た。

車が完全に見えなくなるまで見送った木崎は、再び真正面から視線を注ぐ。

「自分を捨てた母親に復讐するために、母親の恋人と寝るんですか?」

「わたしが誰と寝ようが、関係ないでしょう？　これまでも、いろんな男と寝てきたんですからね。今さらですよ。それより、自分のことを考えたほうがいいんじゃないですか？　組長からあなたと優花さんの仲を取り持ってくれって頼まれました。組長はかなり乗り気みたいですよ」

「あなたがまた余計なことを吹き込んだのですか」

「いいじゃないですか。出世のチャンスですよ」

「そんなものには興味はないと、前にも申し上げたはずです。なぜ余計なことを」

「組長に貸しが作れるからですよ。極道も大事な孫娘のことになると目の色が変わる」

軽く馬鹿にしたような口調で言う。

すると木崎の口から、予想だにしない言葉が飛び出すではないか。

「では、わたくしがお嬢さんをデートに誘えば、あの男に手を出すのはやめるのですか？」

「あなたが女性を誘う？」

「交換条件です。お嬢さんを映画に誘います。あなたからの勧めでと言えばいいんですよね。そうすれば、もういろんな男と寝るのはやめてくれますか」

諏訪は、返事をするのに一瞬躊躇《ちゅうちょ》した。

木崎から誘っておいて、やっぱりやめましたなんてことは絶対にできない。組長が二人の仲を前向きに考えている以上、一度でも木崎から誘ってしまえば結婚を前提に話が進む。

そもそも組長の孫娘に言い寄ること自体、この世界ではそうそう許されることではないのだ。

それを承知で誘うということは、肚《はら》を据えているのだろう。

どうして諏訪に男遊びをやめさせるためにそこまでするのか。

そんな疑問が湧き上がるが、すぐに答えは見つかる。

もしかしたら榎田のような優しくて芯の強さのある彼女に、すでに惹かれ始めているのかもしれない、と……。

「ええ、約束しますよ」

「わかりました。では、一度お嬢さんをお誘いします。それで、いいですね」

「いつ誘うんです?」

「お望みなら今すぐ」

諏訪は迷った。

なぜ迷う必要があるのか——答えは形になる前に、手のひらに落ちた淡雪のように溶けてなくなる。このところ、自分で自分の感情が把握できないことが多い。

諏訪のだんまりを木崎はどう捉《とら》えたのか、意を決したようにポケットから携帯を出して電話をかけた。携帯を耳に当てたまま、息を殺すようにして相手が出るのを待つ木崎を、諏訪はじっと眺めてしまう。

「木崎です。ご無沙汰しておりました」

まるで仕事の報告でもするかのような、抑揚のない声だ。感情の片鱗《へんりん》すら見せない木崎に、そんなことで本当に女とデートなんてできるのかと思った。

本当に表情の変わらない男だ。

けれども、女が男を変えることもあるというのも、わかっている。榎田に似たタイプの女が木崎を少しずつ変えていくかもしれないと思い、諏訪はまた自分の心になんとも形容しがたい感情が沸き上がるのを感じた。

「優花さんのことでお話が……。お時間を頂きたいのですが、よろしいでしょうか？　はい。はい。……はい。では、後日伺います」

慇懃な態度で言うと、木崎は電話を切る。そして、「これでどうです」と言いたげな目をしてみせた。

「これで満足ですか」

「いえ。あなたがちゃんと優花さんと上手くいって、組長がわたしに借りができたと思うようにならないと駄目ですよ」

「贅沢《ぜいたく》な人だ」

「そうなんです。わたしはちょっとやそっとじゃ満足しないタイプでね」

諏訪を持て余しているのか、木崎は小さく息を吐いてから、感情のない声で言う。

「今日はわたくしがマンションまでお送りします」

「車があるのに、そんなことしなくていいですよ」

「あなたは信用ならない。わたしは優花さんをお誘いしてもいいか、組長に許可を取りに行くんです。ここまでしたのですから、せめて今晩くらいわたくしの言うことを聞きなさい。あなたの車はあとで取りに来させますから。さぁ、ほら」

最後のほうは、さすがに苛立ちのようなものが感じられた。

急かされ、仕方なく木崎のマスタングに乗り込む。

車が駐車場を出ると、助手席に座らされた諏訪は、窓の外の景色が流れるのをじっと眺めていた。木崎と優花が結婚ともなれば、もうこんな仕事はしなくなるだろう。

今夜のことが、二人のきっかけになるかもしれないのだ。

これで本当に木崎から解放される——そう思うと心底ホッとするが、窓に映った自分の顔は何か言いたげに見えた。

諏訪をマンションまで送り届けた木崎は、車を発進させる前にある男のところへ連絡を入れた。

「わたくしです」

電話の相手は、芦澤だった。こうして毎日、諏訪のことを報告している。

『で、どうだ？　相変わらずか？』

「はい。成り行きで組長のところへ行くことになりました。もしかしたら、しばらくこの仕事を続けるのは困難になるかもしれません」

『お前の手を焼かすなんて、あいつも大したタマだよ。自由にやれ。報告だけはしろよ』

「はい」

『じゃあ、頼んだぞ』

電話を切ると、木崎はしばらく携帯を睨んでいた。

詳しいことを説明せずとも、芦澤にはお見通しのようだ。相変わらずすごい男だと、改めて自分の仕える相手に感心する。

妹の、恵子《けいこ》の敵として憎んだこともあった。裏切り、殺そうとしたことも……。

しかし、それは不幸な形で妹を失った悲しみがあまりに大きく、それに耐えきれないから恨んでいただけだった。そして、本当に恨むべき相手は別の人間だと、芦澤を憎んでも意味がないと木崎も気づいていた。

それなのに、あの男は恵子の死の責任を感じ、木崎のしたことをすべて水に流し、さらには木崎には芦澤を殺す権利があるとまで言った。

あの時以来、木崎は本当の意味で芦澤の右腕となる覚悟をしたのである。

ついていく価値のある男だと思う。自分を裏切り、殺そうとした相手を変わらず側に置いておくなんて、そうできることではない。

しかし今、また別の感情が生まれつつあるのだ。

「くそ……」

木崎らしからぬ言葉が、その口から漏れた。

恵子の時とは違う意味で、芦澤に対して憎しみに似た感情を抱いていることに気づいている。

いや、憎しみではない。嫉妬だ。

「あなたは、罪な男だ」

自分が仕える相手に向かって言い、どう足掻《あが》いても敵《かな》わないと改めて思う。

諏訪があそこまで荒れるわけは、芦澤だと木崎は見ている。芦澤への報われない想いと、その恋人である榎田へ感じる友情の狭間《はざま》で、諏訪は揺れているのだ。

自分を傷つけることをやめられないあの男を、なんとかしてやりたかった。

けれども、どうすればいいのかわからない。組長に貸しを作りたいという諏訪のために、優花とのつき合いを前向きに考えると意思表示してみせたが、そんな望みを叶《かな》えてやったところで本当に諏訪の幸せに繋がるとは思えなかった。

それでも、自分にできることはそれくらいしか思いつかないのだ。

今の諏訪を見ていると、芦澤を忘れさせてやれる誰かが現れるまで待つなんて、悠長なことはできない。少しでもあの男の暴走をとめられるなら、なんでもしてやるという気にすらなっている。

優花を傷つけることになるかもしれないのに、あんなことができるなんて、自分で自分が信じられず、木崎はめずらしく己を持て余していたのだった。


諏訪の携帯に母親の情夫から電話があったのは、翌々日のことだった。

マンションで遅い朝食を摂ろうとしているところへ、その電話はかかってきた。

『こんにちは、武井です。今大丈夫?』

「ええ。大丈夫ですけど、お金のことでしたら、昨日のうちに振り込んでますよ。時間に遅れてしまったので、今日の処理になってると思いますけど、入金はもう確認できるんじゃないかな」

『そのことじゃないんだ』

「じゃあなんです?」

『今夜あたり、二人で会えないかな?』

そらきた……、と諏訪は笑った。なんて簡単な男だと、あまりにあっさり落ちすぎて張り合いがないと言いたいくらいだ。

撒いた餌にこんなに早く喰いつくとは思っておらず、諏訪は男の素早い行動に呆れるのを通り越して感心した。金の匂いに敏感で、よりいい寄生先が見つかればすぐに乗り換える。まさに、自分の母親にはお似合いの相手だと思った。

「え、二人でですか？」

『そう。二人で。公ちゃんは、夜の七時にしか帰ってこないし、今時間があるんだよ』

武井の声に、まとわりつくようないやらしさを感じた。

そんなふうに誘ってくるような男は、本当なら願い下げだ。センスの欠片もない。安っぽい口《く》説《ど》き文句しか吐けないような男をわざわざ選ばなくても、他にいくらでもいる。

いつもの諏訪なら軽くあしらうところだが、この男が自分の母親の情夫である以上、どんな人間でも愛想よくしてやるつもりだった。

あの女に嫌な思いをさせるなら、そのくらいお安い御用だ。

「どうしようかな。母さんに怒られそうだ」

いかにも興味があるといった声で、焦《じ》らしてみせる。こんな反応をされて、『はいそうですか』と引き下がる男なんていない。

駆け引きめいたやり取りに、狩人の血が騒ぐはずだ。

そう確信し、デスクの中からＩＣレコーダーを取り出して電話をスピーカーホンに切り替えると会話の録音を始める。

『内緒にしておくから。公ちゃんの息子さんとも仲良くしなきゃね』

「仲良くって、どこまで仲良くしようって言ってるんだろ」

『意地悪なんだね』

「母さんのこと、好きなんでしょう？　浮気なんかしたら、駄目ですよ」

口ではそう言っているが、心の中では逆のことを考えていた。男の裏切りを知った母親が、半狂乱になっているところを想像すると笑いが込み上げてくる。

もっと乗ってこいよと、諏訪は心の中で呟いていた。

『俺の視線に気づいてたくせに』

「だって……あなたがあんな目で見るから」

『あんな目って？』

「いやらしい目。感じちゃったじゃないですか。母さんの恋人ってわかってても、欲しくなるような目……。あんな目で見られたら、疼《うず》いてしまう」

『君を試してみたいな』

「駄目。母さんが悲しむから」

会話を楽しんでいるという演技で、クスクス笑ってみせる。焦らしているが、明らかに誘っている諏訪の態度に武井も調子づいていった。

『でも、君も俺に興味があるだろ？』

「親子どんぶりなんて、駄目ですよ」

『じゃあ、公ちゃんとは別れるからさ』

即答され、さすがにそこまで言うとは思っていなかった諏訪は、あまりのお粗末さにこの演技を続けるのが馬鹿らしくなる。

とんだ男だ。

歳を重ねた女など、所詮《しょせん》便利な財布くらいにしか思っていなかったのだろう。その女より、金を引き出せそうな相手を見つければ、そちらに乗り換えようとするのは当然のことだ。

「誘惑しないでください。そんなこと言ったら、母さんが悲しむ。困りますよ」

『俺だって、困ってる。公ちゃんの大事な息子さんに、欲情してるんだからさ』

陳腐な台詞に失笑しそうになるが、諏訪はそれを堪えてわざと迷う素振りを見せた。何か言おうとし、そして思い直したように黙りこくる。

『どうしたんだい？』

「あの……」

『いいから、言って』

「あなたを見た瞬間から、欲しかった。でも、母さんの恋人だ。欲しがっちゃ駄目だって、ずっと言い聞かせてたんです」

『自分の欲望に抗《あらが》っちゃ駄目だよ』

「そんな……」

『俺はね、男は知らないんだ。教えてくれるかな？　君の躰で、男の味を教えて欲しい」

「じゃあ、母さんには、絶対に内緒にしてくれますか？」

『約束するよ』

諏訪の提案は、武井にとっても都合がいいに決まっている。

新しい金蔓《かねづる》が手に入り、女のほうもキープできるのだ。どちらからも金を引き出すことができるなんて、これ以上のことはない。

諏訪は窓のところまで行き、カーテンを少しだけ開けて外を見た。

木崎の姿はない。

おそらく組長のところにでも行っているのだろう。ここ数日、あの男が自分の周りにいないことは気づいていた。

諏訪は時間と落ち合う場所を決め、会う約束をする。

『わかった。必ず行くよ』

「はい。ではのちほど」

電話を切ると、諏訪はＩＣレコーダーをとめた。

今の会話はきっちり録音してある。これを聞かせたらどんな顔をするだろうかと思い、どす黒い感情が沸き上がるのを感じた。

自分の情夫が息子に手を出そうとしているところへ、踏み込ませてやろうと思った。修羅場を演じさせるのだ。

悔しがる母親の姿を想像して、口許に嫌な笑みを浮かべる。

しかし木崎の顔が脳裏をよぎり、笑顔は一瞬にして消え去った。

自分のしていることを客観的に見つめてしまい、醜悪なのは母親ではなく、自分なのだと思い知らされた。

『これで満足ですか』

優花とのことで電話をかけてみせた時に言われた言葉が蘇《よみがえ》り、今の状況と重なってしまう。

これで満足か——自分の母親を陥れて満足なのか。

そう言われている気がした。

諏訪がしていることを知ったら、あの男はどういう顔をするのだろうかと思う。優花とのことを前向きに考えれば、男漁りはしないと約束した諏訪を責めるだろうか。

けれども、武井と寝る気はない。

ただ、母親に煮え湯を飲ませてやるだけだ。

そんな言い訳をして、頭の中から木崎の存在を追い払う。

「こんな時まで、出てこないでくださいよ」

苛々しながら呟き、気持ちを切り替えて準備に取りかかった。

ホテルの部屋を取り、食事の予約も入れる。普段はこんな七面倒なことはせずとも、相手のほうが準備してくれるが、今日ばかりは違った。

諏訪が金を持っていることを、印象づける必要があった。どんなロクデナシだろうが、男相手に一線を越えるのは、未経験の人間にとって意外にハードルが高い。

途中で尻込《しりご》みして逃げられたら、計画が台無しになってしまう

そうならないよう、たっぷり金の匂いを嗅《か》がせてやるのだ。男一人抱くくらい平気だと思わせるほど金があることを見せつけ、思い通り操る。

準備が整うと、諏訪はスーツに着替えて部屋を出た。

「やぁ、待ってたよ」

待ち合わせのカフェのカウンター席で、武井はコーヒーを飲みながら諏訪を待っていた。諏訪の姿を見つけると、気障《きざ》な仕草で軽く手をあげてみせる。

鼻で笑いそうになるのを堪え、口許に笑みを浮かべて武井に近づいていった。

「母さんにはバレてない？」

「ああ。大丈夫だよ」

「そう。よかった」

隣に座り、コーヒーを注文する。出てくるまでに時間はかからなかったが、ただ早いだけで味は最低だった。榎田の店で飲むもののほうが、何倍も美味《おい》しい。

薄いコーヒーを飲みながら、お人好しの仕立屋が淹《い》れてくれたコーヒーが無性に飲みたくなった。わざわざ豆を挽《ひ》いてくれる一杯のブレンド。

ガラスのテーブルの前に座り、穏やかに笑う榎田たちと世間話をする。

そんなことを考えていると、一瞬、母親のこともこの男のことも放り出してしまおうかなんて気になったが、今さら自分が改心したところで何も変わらないという思いが、すべてを打ち消した。

「どうしたんだい？」

「別に、なんでもないですよ」

「考えごとをしてるみたいだったからさ」

武井の言葉に、口許に笑みを浮かべて誤魔化《ごまか》す。

「俺はね、すごくドキドキしてるんだよ。君が俺の誘いに乗ってくれるなんて」

「わたしもですよ。いけないことをしようとしてるのに」

「いけないことだから、ドキドキするんだよ。悪いことは、すごくドキドキするようにできてるもんだ」

安っぽい口説き文句も、今は気にならなかった。

数時間後に見られるだろう修羅場を想像すると、武井のつまらない話に笑ってみせたり、多少躰を触らせたりすることにそれほど苦痛は感じない。

愉しみすぎて、必要以上に笑顔を振り撒いてしまいそうだ。

「ね、武井さん。行きつけのレストランを予約してるんです。失礼かと思ったんだけど、わたしがご馳走《ちそう》しますから、そこで食事をしませんか？　ロシア料理の店ですごく美味しいんですよ」

「でも、いいのかい？」

「いいんです。一緒に行きたいって思ったのは、わたしなんですから。わたしはね、セクシーな男性を見ると尽くしたくなるんです。身も心も、支配して欲しいんです。そういうの、嫌いですか？」

「嬉しいね。そういうの、大好きだよ」

男に貢ぐタイプだと印象づけるのには、成功したようだ。

いやらしい笑みは、諏訪の躰にではなく、これから自分が手にできるだろう金や宝飾品、車に向けられているに違いない。

実の母親とはいえ、二百万をすぐに振り込むのだ。その程度のものは期待しているだろう。

「じゃあ、行きましょうか」

諏訪は武井を促して外に出ると、タクシーを拾って予約していた店に向かった。

店は武井のような男が入れるような場所ではなく、客層もひと目で違うとわかる。いかにも裕福そうな年配の男女や外国人が多くいる中、武井だけが少し浮いていた。

こんなことがなければ、一生縁のない場所だっただろう。

席に案内されるとわざと高いワインを注文し、諏訪の好みをよく知るソムリエと会話を交わす。

彼が立ち去ると、武井はグラスを口に運びながら感心したように言う。

「すごいね。常連なのかい?」

「ええ。よく来るんです。料理長の腕がいいので、大事な人との食事に使う店です」

「そんなふうに言ってもらえるなんて、すごく嬉しいな」

前菜として出てきたキャビアのムースは、素材が持つ塩味が生きていて濃厚なのにデリケートな味わいだった。しかし、この男の舌では味の違いなどわからないだろう。ジャンクフードや安いだけの外食ばかり繰り返していれば、味覚は衰える。

食材がもったいないと思うような相手と、こうして食事をするのは初めてだ。

「どうです? ロシア料理はお口に合いますか?」

「すごく美味しいよ」

ロシア風クレープ包みが出てくると、諏訪は早速フォークを入れた。

中には上質のサーモンを使ったマリネがつまっており、程よい酸味と濃厚な素材の味わいが口いっぱいに広がる。香草の使い方も上手く、上等な牛肉を使ったメインのビーフストロガノフも文句のない仕上がりだった。最後のデザートに至るまで、料理人の腕をおしみなく注ぎ込んだ芸術品のようだ。

「ホテルの部屋を、取っておきました。今夜は、わたしはそこに泊まるつもりです。ツインを取ってあるので、もし、あなたが外泊したいんなら……」

「用意がいいね」

「すみません。はしたないですか?」

「いや、嬉しいよ」

時計を見て、そろそろ店を出る時間だと計算する。

実をいうと、待ち合わせ場所で武井が来ていることを確認した諏訪は、すぐに声をかけずにいったんその場を離れて、母親のアパートに電話を入れたのだ。

待ち合わせ場所を変更したいという連絡だ。

もちろん、変更などしていない。

武井と何時にどのホテルのどの部屋で会うのか知らせるために、わざわざそんな理由をつけて留守電にメッセージを入れていたのだ。仕事から帰ったら、諏訪の母親はあのメッセージを聞いて飛んでくるだろう。

どんな顔で乗り込んでくるのかが見物だと思う。

「俺とのデートは楽しい？」

「ええ。楽しいですよ。すごく」

そう言った時、スーツの中で携帯が震えた。失礼、と言って、誰からのものか確認する。

母親からの着信だった。

「誰からだい？」

「仕事の相手です」

笑顔で嘘をつき、携帯をしまってほくそ笑む。

これで、準備は整った。頼まれた二百万はすでに渡してある。金が必要な時にしか連絡をしてこない女が諏訪の携帯を鳴らす理由は一つ。

たった今、留守電を聞いたということだ。

「そろそろ出ましょうか」

諏訪は、頭の中で時間を計算をしながら武井を誘導した。

店からホテルまでの移動の時間。母親が留守電を聞いてからホテルに駆けつけるまでにかかる時間。

多少の時間のロスなどがあることを考えて、慎重に行動する。

諏訪のことを少しも疑っていない武井を予定通り行動させるのは、至極簡単だった。トラブルもなく計画通りにコトは進み、ホテルに到着する。

部屋のドアを潜《くぐ》ったのは、店で席を立ってから四十五分が過ぎた頃だった。

「……すごいな。こんな部屋をわざわざ押さえたのかい?」

「ええ。狭いとくつろげないでしょう? ここだと小さいけどカウンターバーもあるし、夜景もすごく綺麗《きれい》で雰囲気もいいから」

「こんないい部屋を準備して、何を企んでるのかな」

プレイボーイを気取った台詞に失笑しそうになるが、それを堪えた。顎《あご》に手をかけられ、顔を傾けてくる武井に応える。

しかし、唇同士が触れ合おうとした時、部屋のチャイムが鳴った。

「あ、ルームサービスかも。チェックインしたらシャンパンを持ってくるように言ってあるから」

「俺が出るよ」

武井がドアに向かうと、諏訪はその背中を笑いながら見送った。

ルームサービスなんて頼んでいない。ドアの外にいるのは、息子に男を寝取られかけている年増の女だ。

これまで母親に好意的な感情を抱いたことはないが、あの男の唇が触れる前に到着してくれたことに、生まれて初めて感謝する。

「拓也っ!」

思っていた通り、すごい声が聞こえてきたかと思うと、慌てた武井の声がそれに続く。

「き、公ちゃんっ」

計算通りだ。

まさかここまで上手くいくとは……、と笑いが込み上げてくる。

諏訪は、悠々とした態度で母親が中まで乗り込んでくるのを待っていた。武井と母親が揉《も》み合っているのが聞こえていたが、ほどなくして足音が諏訪のほうに向かってくる。

「拓也っ、あんたって子はっ！」

思っていた以上の効果だった。母親は諏訪を見つけるなり飛びかかってきて、スーツの襟を摑んだ。そして、すごい形相でつめ寄ってくる。

ここまで醜悪な顔をしているのを見たことがあっただろうか。

「よくも他人《ひと》の男を……っ。あんた、母親の男を寝取ろうなんて、どういう神経してんのっ。この、尻軽っ」

息子に向かって言う言葉とは思えない。

金が必要な時にはあんなに媚びていたのに……、と諏訪は実の母親を見下ろしてやった。何も言わない息子に、彼女の怒りはさらに大きくなる。

「なんか言いなさい！　言い訳くらいしてみなさいよっ」

「言い訳なんてしないよ。でも、誘ったのは武井さんのほうからだ」

諏訪はＩＣレコーダーを取り出して再生した。

『君を試してみたいな』

『駄目。母さんが悲しむから』

武井の表情が硬くなった。信じられないという顔で武井を睨む自分の母親を、諏訪は勝ち誇ったような笑みを浮かべて見ていた。

『でも、君も俺に興味があるだろう?』

『親子どんぶりなんて、駄目ですよ』

『じゃあ、公ちゃんとは別れるからさ』

公ちゃんとは別れるからさ——その言葉が、火に油を注いだのは言うまでもない。

「あんたが誘惑したんだろっ！　あんたが誘惑してこんなことを言わせたんじゃないかっ！」

「——く……っ！」

いきなり髪の毛を摑まれ、部屋から連れ出される。

女とは思えない力だった。

下手に抵抗すれば髪の毛をごっそり根元から引き抜かれそうで、されるがまま廊下に出ていく。

武井のほうはというと、おろおろと二人を見ながら追いかけてくるだけだ。

廊下の壁に押しつけられ、胸倉を摑まれた恰好《かっこう》で締め上げられる。

「あんた、最初からこのつもりだったね！」

「二百万欲しいって連絡してきたのは、あなただよ」

「あんなはした金で男を取られてたまるもんかい！」

はした金なんてよく言う――諏訪は、心の中で反論した。

諏訪にとってははした金でも、この女にとっては大金だ。そう簡単に稼げる額でないのはわかっている。それなのに、平気でそんなことを言うのだ。

謝るから、金を返してくれと言ったら手に入れた金を手放すだろうか。

「じゃあ、あなたの男から手を引くから、お金を返してくれる？」

「冗談じゃないよ！　今さら手を引いたってあたしたちの仲は戻らないんだ。慰謝料を払って欲しいくらいだよ。この、淫乱っ！」

「――っ！」

爪《つめ》を立てて向かってこられ、慌てて手で防ごうとするが、顔に熱いものが走った。手の甲で拭《ぬぐ》うと、血が滲んでいる。それでも彼女は息子を罵倒するのをやめようとはしない。

「お前なんか死んじまえ！」

「……っく」

爪が目に入り、左目が開けられなくなる。

しかし、彼女がバッグの中から包丁を出したのは見えた。台所から持ってきたのだろう。相手が息子でも、自分の男を寝取る相手には容赦しない。

すごい女だと、我が母親ながら感心する。

「刺せばいいだろ」

どうでもいい——。

諏訪は、刃物を向けられても逃げようとはしなかった。男を取り合った挙げ句に、母親が実の息子を刺すなんて、ワイドショーが喜びそうなネタだ。

自分にはお似合いの最期かもしれない——そう思ったのと同時に、母親が自分に向けて包丁を振りかざしたのが見える。

しかし、視界の隅を黒いものがよぎったかと思うと、諏訪を庇《かば》うように目の前にスーツの男が立ち塞《ふさ》がった。広い背中に守られた恰好になり、諏訪はぼんやりと男を見上げる。

「もうやめなさい」

木崎だった。

彼女の手からあっさりと包丁が奪われ、開いていたドアの間から部屋の中に放り込まれる。

「あんた、いったいなんなんだいっ」

「これ以上騒ぐと、警察を呼ばれますよ。それでもいいんですか?」

「……っ」

「あなたは部屋に入ってなさい」

諏訪は部屋に押し込められ、ドアのところで呆然《ぼうぜん》としていた武井は廊下に引きずり出されていった。ドアを閉めても、廊下で母親の声がしている。それを聞きながら、よろよろとソファーに

近づいて座った。

復讐してやったのに、なぜか心が晴れない。

ただ、疲れきっていただけだった。こんなことのために、レストランを予約してホテルの部屋を取り、躰を触らせ、心にもない言葉を並べて武井を喜ばせたのだ。

本当にくだらない。

俯き、落ちてくる前髪を掻き上げながら諏訪は、「はは……」と力なく嗤った。

騒ぎに気づいた他の部屋の客が、フロントに電話でもしたのだろう。従業員らしき男の声が聞こえていたが、木崎が上手く話しているようだった。

それを聞きながら、諏訪はもう一度心の中で力なく呟いた。

本当にくだらない。

木崎が奪った包丁が、床の上に落ちているのを見つける。一瞬、手を伸ばそうかとしたが、そうする気力もなく、諏訪はこの部屋で唯一生活臭のするそれをぼんやりと見ていた。


どれくらい経っただろうか。

人の気配に、諏訪はゆっくりと顔を上げた。

入ってきたのは木崎一人で、母親と武井は帰っていったようだ。あの二人がどうなろうが興味はなく、何も感じない。

「勝手に入ってこないでくださいよ。いつの間に鍵《かぎ》を取ったんですか。抜け目のない人ですね」

「どうして、あんなことを……。わたくしとの約束はどうしたんです？」

「約束は破ってませんよ。あの男と寝るつもりはまったくなかったですから」

「そんな屁理屈《へりくつ》はやめてください」

「実の母親に尻軽呼ばわりされるなんて、わたしにはお似合いの修羅場だったでしょう？」

諏訪は、どうだとばかり言い放ってやった。木崎の表情が崩れないとわかっていても、そう言わずにはいられなかったのだ。

どうしてこんなことを口にしてしまうのか、自分でもわからない。

「こんなことをして、なんになると言うんです？」

諏訪は答えなかった。自分でもどうしてなのかわからないのに、答えようがないからだ。けれどもそんな素振りは見せず、挑発的に笑ってやる。

「さぁ、どうしてでしょうね。あなたには関係……」

「――こんなことをして……っ、なんになるんです！」

「痛っ」

強く肩を掴まれ、顔をしかめた。

木崎がこんなふうに問いつめてくるとは思っていなかった。感情などないと思っていたが、今は違う。怒りが炎となり、木崎の奥底で燃えているような気さえした。

「何怒ってるんです？　わ、わたしが何をしようが……、関係、ないでしょう？」

「あなたに自分を傷つけるようなことをして欲しくないから、わたくしはあの条件を呑《の》んだんですよ。彼女を傷つけるかもしれないとわかっていて、それでもあなたをとめたかったから。もう、あとには引けないかもしれない」

その言葉に、木崎と優花の仲が進み始めていることを知った。

どういう言い方をしたのかはわからないが、木崎から申し込む形で優花との交際が始まっているのだろう。

これで本当に、木崎は――。

そこまで考え、何か訴えようとしている自分をねじ伏せるようにして心の声に耳を塞いだ。

「だったらなおさらいいじゃないですか。せいぜい上りつめてくださいよ」

「わたくしをなんだと思っているんですっ！」

「――っ！」

木崎が感情的になるなんて、めずらしいことだった。怒りに満ちた視線に、さすがの諏訪も身動きができなくなる。

「わたくしがなんのために……っ」

絞り出すようにもう一度言われ、ゴクリを唾《つば》を呑む。思わず木崎を凝視してしまい、怖くなった諏訪は帰ろうとするが、許してはもらえなかった。

「は、離してください」

「離しません。もう二度とあんなことはしないと約束していただけるまで」

「約束だけならいくらでもしてあげますよ。もう誰とも寝ませんよ、約束します。ほら、これでいいでしょう?」

「馬鹿にするのもいい加減になさい。そんなに自分を傷つけたいんですか?」

「わたしは傷ついたりしませんよ。誰とだって寝てきたんです。木崎さんが知ってる以上に、わたしはいろんな男と……——ぅん……っ」

唇を塞がれ、黙らされる。舌が入り込んできて口内を嬲《なぶ》られた。

「うん、……んっ、……ぅん……っ」

情熱的だと感じるほどの口づけに膝《ひざ》が崩れそうになる。木崎に腕を摑まれていなかったら、座り込んでいたかもしれない。

立っているのがやっとの状態で抵抗しようとしたが、力で敵う相手ではなかった。どんなにもがいても木崎の手はしっかりと諏訪の腕を摑んでおり、指を喰い込ませてくる。

まるでこの場所に諏訪を繋ぎとめておこうとしているかのようだ。

「何、……するんです……っ」

顔を背けて逃げようとするが、再び唇を塞がれる。

「うん、……んっ、……んんっ、……ん」

次第に躰が熱くなってきて、諏訪は自分の唇の間から漏れる吐息が熱いことに気づいた。このまま身を委ねてしまいたいという思いに囚《とら》われ、目を閉じたまま木崎を感じる。

少し力を緩めると、今度は木崎の手が頬に伸びてきて包み込むように添えられた。そして下唇を優しく噛《か》まれ、下半身が蕩《とろ》けたようになる。

目眩《めまい》を覚えてふらついた諏訪は、木崎のスーツを摑んだ。するとそれを支えるように腰をかき抱かれて引き寄せられる。

「んぁ……っ」

力強く自分を抱き寄せる腕に、勘違いをしてしまいそうだった。木崎とはもう寝ないと決めたはずなのに、抗うことができない。

「うん、……ん、……んぁ」

違う。これは嘘だ。勘違いだ。

そう自分に言い聞かせながら、積極的に唇を開いて木崎の舌を受け入れた。

「ん……、んぁ」

甘い声が漏れると、なんて堪え性のない男なんだと自分を嗤いながら、抱かれていることに心地よさすら覚える。

木崎の息が微《かす》かにあがったのがわかり、諏訪は思わず首に腕を回して情熱的に求めた。何もかも忘れてこのまま溺れてしまいたいという強い欲望に流され、自分を見失う。

「ぅん、……んっ、……んぁ」

二人は、激しく求め合うことをやめなかった。

口づけを交わしながら木崎の上着を脱がせると、木崎のほうも自らネクタイをほどいて床に放り投げた。タガが外れたような態度に、この男のどこにこんな情熱が隠れていたのかと驚かずにはいられない。

思えば、前に抱かれた時もそうだった。普段とのギャップに、木崎が血の通った人間であることを痛感させられるのだ。自分も感情のある人間だということを忘れるなと、木崎に強く訴えられているような気がする。

「はぁ……っ、……ぁ……、……はぁ」

部屋を移動し、ベッドに組み敷かれる。

「傷つきたいなら、わたくしが傷つけてさしあげます」

「――ぁ……っ」

耳朶《みみたぶ》に唇を当てて怒気を含んだ声で囁《ささや》かれ、なぜか頬が染まった。今さら恥ずかしがるような純粋な心は残っていないはずなのに、自分がわからない。

ワイシャツの上を這《は》う手は諏訪の躰をすべて知り尽くそうとしているかのように、ゆっくりと確かめるように動く。探るような手に身動きができずにいると、胸の突起を見つけられ、身を捩《よじ》った。

「あっ」

「どうです?」

支配しようとするような、そんな言い方だった。そこが硬く尖《とが》っているのは、木崎にもわかっただろう。それが無性に恥ずかしい。

諏訪がどれだけ男を喰い漁ってきたのか知られている相手だというのに、どうしてそんなふうに感じているのかわからず、自分の感情を持て余していた。己の中に、自分の知らない何かが巣喰っている気がするのだ。

「ここですか?」

「――ああ……っ」

なんて愛撫だろう。

普段は感情の片鱗すら滅多に覗かせることのない男が、牡の欲望を剝《む》き出しにして襲いかかってくるのだ。まだスラックスは穿《は》いたままだが、木崎の猛りははっきりとわかる。

押しつけられると、諏訪は自分の中で浅ましい獣が目を覚まして木崎を求めているのを自覚した。この男に貫かれたいと、切実に願ってしまう。

「欲しいなら、いつでも突き立ててさしあげます」

「組長に、バレたら……っ、どうなると」

「あなたも、同罪です。あなたがわたくしを推したのですから、わたくしとこんなことになったと知れたら、あなたもただでは済みませんよ」

「――っく」

「あなたの弱みを握らせてもらいます」

「……ぁあ……っ」

喉笛に噛みつく獣のように首筋に歯を立てられ、全身に走る甘い痺《しび》れに諏訪は躰をわななかせていた。自分で自分をセーブできない。どんなに取り繕おうとしても、顕著な反応を見せてしまうのだ。

「自分がどうなろうが関係ないのでしょう?」

「そんなこと、したら、木崎さんだって……っ」

「ええ。二人一緒に消されるかもしれませんね。わたくしが一緒だと、不満ですか?」

「ぅ……っく」

どんな言葉も、木崎をとめることができないと思い知らされた。

ワイシャツをむしり取られ、肌が露《あら》わになる。嬲られ続けた突起は熟れた果実のように赤く充血して白い肌の上でぷっくりと膨れ上がっており、吐息がかかっただけでそこは恥ずかしい疼きに見舞われた。

男に尻を差し出すことに罪の意識など覚えたことはなかったのに、女のように男を求めることすら恥じたことなどないのに、ここで感じていることを木崎には知られたくなかった。

けれども今さらそんなことを望んでも無駄だというのもわかっている。

「んぁ……っ」

突起に直接舌を這わされるなり甘い声が漏れ、諏訪はビクビクッと躰を震えさせた。声を出すまいと唇を噛むが、次々と溢れる嬌声《きょうせい》は誤魔化すことができない。

手探りでスラックスのベルトを外されてファスナーを下ろされると、諏訪の躰はひとりでに期待に打ち震え、木崎を欲しがるのだ。

「やめ……っ」

浅ましい自分には慣れているはずなのに、戸惑《とまど》わずにはいられない。

「今さら恥ずかしがるおつもりですか？」

唇で何度もついばまれ、反対側は手でこねくり回され、きつく摘《つま》まれた。被虐的な興奮を誘う愛撫に呑まれまいとするが、津波は次々と襲ってきて諏訪を翻弄する。

痛みと快感が紙一重のところで存在するような、そんな愛撫だった。

硬く立ち上がった突起は、もっといじってくれと訴えている。

「――んぁ……」

愛撫はさらに下へ移動し、鳩尾《みぞおち》を通ってへそのあたりをくすぐるように刺激し始めた。

下腹部ではすでに諏訪の中心が形を変え、下着の中で張りつめている。そんな自分の姿を見られているだろうと思うとどうしようもなく逃げたくなるが、同時にこの愉悦を手放したくないと願ってしまうのだ。

早くその先を、この向こうにあるものを味わいたいと……。

「――ぁあ……っ！」

いきなり下着をずらされて中心を口に含まれ、諏訪は躰を反り返らせた。さらに唾液《だえき》で濡《ぬ》らした指で蕾《つぼみ》を探られ、苦痛と快楽が綯《な》い交ぜになったような刺激に眉《まゆ》をひそめる。

「――っく……ふ、……ぁ、…………ふ」

指は襞《ひだ》をかき分けて入ってくると、諏訪の奥を蹂躙《じゅうりん》した。中で小さな炎が翻りながら自分を内側からじりじりと焼いている気がして、無意識ににじり上がって逃げようとする。

前も後ろも同時に木崎に支配され、諏訪は躰をのけ反らせて熱い吐息を漏らした。

「ん、……っく、……ぅ……っく」

木崎が、自分の中をかき回している――そう思いながら身を委ね、氷がじっくりと時間をかけて解けていくように諏訪もまた蕩けていった。くびれを舌で嬲られてイキそうになり、小さく震えながら意識を逸らしてなんとか堪える。

「どうしたんです？　イッてもいいのですよ？」

「……ぁ……っ」

にじり上がってきた木崎にこめかみにキスをされ、諏訪はまた小さく躰を震わせた。

どうしてこんなふうに抱くのだろうと思う。乱暴だが、同時に愛情さえ感じるキスを注いでくる男に勘違いしそうになる。いっそのこと、物のように扱ってくれれば開き直ることができるのに——頭の隅で、そんな声がしていた。

「これじゃないと、満足しませんか？」

「ぅ……っく、……ぁ、あ、……あ！」

いきなり指を引き抜かれたかと思うと、手早くスラックスをくつろげた木崎が諏訪を引き裂こうとする。

「——ぁぁあ……っ！」

ベルトのバックルが音を立てるのと同時に、熱が自分を引き裂くのを感じた。

木崎が自分の中にいる——そう思っただけで強く締めつけてしまい、木崎の逞《たくま》しさをいっそう感じてしまう。熱くて嵩《かさ》のあるそれは、男を喰い慣れた諏訪をいとも簡単に虜《とりこ》にしていた。

「んぁ、はぁ……っ」

「まだ、足りないのでしょう？」

「——っく、……ぁあっ」

膝を抱えられ、いっそう繋がった部分に深く押し入られる。完全に自由を奪われ、すべてを掌

握された状態で容赦なく奥を突き上げられ、思考まで奪われる。

目眩でどうにかなりそうだった。

木崎に躰を揺さぶられるたびに、熱いものが躰を駆け抜ける。奥が疼き、爪先《つまさき》が痺れたようになってしまい、諏訪は足を突っ張らせていた。膝を閉じようとせずにはいられなくて力を込めるが、木崎の引き締まった腰を締めつけるだけで、押し入ってくるものを拒むことはできなかった。

木崎の動きに合わせて、バックルの金具がカチャカチャと鳴る音が耳に流れ込んでくるのもいけない。

音にまで犯されているような気がして、耳を塞ぎたくなる。そうしようとしたが、木崎に両手首を摑まれてベッドに押しつけられた。

隠すなと、すべて見せろと言っているのだろうか。

「ぁう……っ、……っく、……ぁ、……んぁ……っ」

我慢できなくなった諏訪は、とうとう観念した。

今だけだ。

抱きしめてくる腕は自分のものではないと言い聞かせながらも、今だけだと繰り返し唇を重ねながら浅ましい獣と化して木崎に腕を回す。木崎も諏訪の心の変化に気づいたのか、いとも簡単に腕を解放し、諏訪の口づけに応えた。

「ぁん、……ぅん、——んんっ」

普段、感情を出さない男が興奮した息遣いで自分を貪っているのかと思うと、愉悦はいっそう深くなり、何もかも忘れてしまう。

「どこが、いいですか？」

そんなふうに聞かれ、思わず白状してしまった。

「そこ、……ぁ……っ、……そこ……っ」

諏訪の求めに応じるように、歯が、舌が、肌を刺激する。

耳元で聞かされる木崎の息遣いがいっそう荒くなるのを感じながら、諏訪はこのまま情炎の焔《ほのお》に焼き尽くされ、消えてしまいたいと思っていた。


諏訪が目を覚ました時、木崎はすでにスーツに身を包んでおり、ベッドが見える位置に置いてあるソファーに座ってじっとしていた。昨夜の痕跡《こんせき》などどこにもなく、自分が木崎に抱かれたのは夢だったのではないかと錯覚するほどだ。

唯一、あれが現実だと教えてくれるのは、躰に燻《くすぶ》る痛み。

いや。痛みというより、熱と言ったほうがいいのかもしれない。それは諏訪を徐々に内側から蝕《むしば》もうとする病巣のように感じた。

「おはようございます」

第一声は、セックスをした相手にかける声とは思えないほど冷静なものだ。そんな木崎を無視してのろのろと起き上がり、諏訪はバスルームへ向かう。

木崎の匂いを完全に消し去ろうと熱いシャワーを全身に浴びたが、いくら時間をかけても躰からその記憶を拭い去ることはできなかった。心にも、痕跡はしっかりと残されている。

諦め、バスローブに身を包んで部屋に戻った。

躓《つまず》きそうになり木崎に支えられるが、伸ばされた手を反射的に払い除《の》ける。

「余計なことはしないでください」

冷たく言うと木崎はすぐに躰を離したが、微かに触れた指の感触はいつまでも消えてくれない。

「昨夜のことは、謝るつもりはございません」

「別にいいですよ。謝ってもらおうなんて思ってませんから。勢いで寝るのなんて、初めてじゃないでしょう?」

木崎は何か言いかけたが、思いとどまったような素振りを見せた。

この男が自分にどんな言葉をかけようとしたのか興味がなかったわけではないが、どうせロクなことを言われないだろうと、素早くワイシャツに袖《そで》を通し、スーツを身につけて帰る準備をする。

身支度を終えると、諏訪はカードキーを手に取った。

「じゃあ、さようなら。チェックアウトしますんで、木崎さんもあとで出てくださいね」

「一緒に行きます」

「二、三分、時間をずらしてくださいよ」

「わかりました」

「できればそのままわたしを解放してくれたら嬉しいんですがね」

「それはできません。あなたを監視するよう言われてますので」

感情のない声で言われると、力が抜けていく気がした。

この男に何を言っても無駄なのは、前からわかっている。それなのに、つい反発心を抱いてしまうのだが、いつも独り相撲だと思い知らされるだけだ。それなら、初めから諦めていたほうがいいと気を取り直し、チェックアウトをしにロビーに降りていく。

「おはようございます」

「チェックアウトをお願いします」

「かしこまりました」

フロントに行くとカードキーを返し、カード売上票にサインをして精算をする。

その間も、木崎の視線を感じた。

またあの男は芦澤の命令で自分に張りついているだろうと思うと、なんともいえない気分になった。もう二度と木崎とは寝ないと決めたのに、また間違いを犯してしまった。

どうしてこうなったんだろうと思う。

「こちらがお客様控えとなっております。お帰りはどちらでございますか？　お荷物をお運びいたします」

「いえ、荷物はありませんから」

控えていたポーターを手で軽く制してから、ホテルを出ようとロビーを横切った。すでに朝食の時間を過ぎているためか、チェックアウトをする人の数もまばらで落ち着いた雰囲気に包まれている。

そして、ラウンジの横を通り過ぎようとした時だった。

「諏訪さん」

聞き覚えのある声に、名前を呼ばれた。立ちどまって振り返ると、榎田が立っている。

お人好しの仕立屋で、諏訪の憧れで、自分を穢《けが》しても守りたいと思った相手だ。ささくれた心をいつも癒してくれる。

どうしてこんなところに……、と思い、懐かしさのようなものが心に広がった。何年も会っていない相手に再会できたような気がする。榎田の店に行くのは自分から避けていたのに、それほど優しさに飢えていたのだろうか。

「ああ、榎田さん。どうも。元気にしてましたか？」

諏訪は微笑を浮かべた。

本当は、泣きたかったのかもしれない。

「ご無沙汰してました。偶然会えるなんて……」

嬉しそうにする榎田を見て、余計な心配はかけまいといつもの自分を演じるが、優しい仕立屋にはそんなものは通じなかった。

「あの……顔色が悪いみたいですけど、大丈夫ですか？」

「ええ、大丈夫ですよ」

どうしてこうも他人に優しくできるのだと、不思議に思う。自分には到底敵わない、嫌いになることはできない相手なのだと痛感させられた。

諏訪の様子を見て何か感じたのか、榎田が普段通りの態度を装いながらも必死で言葉を探しているのがわかる。

「あの……時間がある時に、お店に来てください。またコーヒーをご馳走しますから」

「そうですね。またスーツを新調したいですし」

「いえ、新しくスーツをお作りにならなくても、いつでもいらしてください。大下さんも喜びます。大下さんもね、諏訪さんが来ると嬉しいみたいですよ」

「それは嬉しいな」

「だから、本当にどうか、細かいことは気にせずに気軽に来てください」

遊びに来いと急き立てているのは、諏訪のことを心配しているからだとわかる。本当にお人好しで、善良で、隠し事のできないタイプだ。どうしてこんな人間が育つのだと不思議に思った。

自分とは大違いだ。だから、憧れてしまう。心底惹かれてしまうのだ。セックスとは関係なく、誰かに恋い焦がれるなんて初めてのことだ。

そして自分と同じように、木崎も榎田のこういうところに惹かれているのだろうと思う。

「あなたは、相変わらずだ」

諏訪はそう言うと、考えもせず一歩前に踏み出した。

そして、榎田の唇に自分のを重ねる。

「ん……っ」

榎田の唇の間から、小さな声が漏れた。

公衆の面前で、しかもこんな高級ホテルのロビーで男同士キスをするなんて、さぞ驚いたのだろう。諏訪自身も自分の行動が信じられないくらいだ。思考停止くらいしているに違いない。

榎田は数歩さがったが、すぐには解放してやらなかった。

舌を入れ、唇を吸い、性的ともいえるキスをする。

まるで嵐《あらし》が過ぎるのを待つかのように、榎田は硬直したままじっとしていた。そんな反応も榎田らしくて、いっそうこの男に好意を抱いてしまう。

唇を離すと榎田は口をパクパクさせた。

「あ、あの……」

「すみません。あなたの唇があまりにも美味しそうだったから、つい……」

そんな言葉で誤魔化し、目を細めて笑う。いつまでも『思考が停止しています』という顔をしている榎田を見て、この男なら自分の苦しみをなんとかしてくれるのではないかと思った。

「榎田さん。お願いがあるんです」

「は、はい。なんでしょう?」

「芦澤さんに、いい加減木崎さんを自分のもとへ戻すよう、榎田さんから言ってください」

「え……」

「知ってるんでしょう?　あの傲慢な帝王の側にいる番犬が、最近いないこと」

榎田の反応から、やはり気づいていたのだと確信した。それなら、話は早い。

「それから、あの番犬にもそろそろ身を固めるよう取り計らってやれと」

「え……」

「組長の孫娘の優花さんが木崎さんに想いを寄せているって教えてくれたのは、榎田さんですよ。覚えてるでしょう?」

「ええ、もちろん」

榎田からその話を聞いた時、やり手の二人が揃って女心に気づいていないことに腹を抱えて笑ったものだ。あの頃は、こんなに苦しくなかった。

「あの無表情の男が側にいると、ストレスがたまってしまって……。わたしのお願いを聞いてくれないと、またあなたにキスしてしまいそうだ」

再びキスを迫る素振りを見せると、榎田は一歩後ろにさがった。

「あ、あの……っ」

単なる脅しにいちいち反応してみせるところがおかしくて、可愛い。純粋な人だ……、と、目を細める。

「じゃあ、伝えてくれますか？」

「つ、伝えます」

「ありがとう。それじゃあ」

諏訪は、そう言って榎田の前から立ち去った。自分の行動を監視しているだろう木崎の姿を思い出して、少しだけ気分がすっきりする。

ささやかな仕返しのつもりだった。

（あなたには、こういうことはできないでしょう……？）

木崎がどんなに優秀な男でも、そしてどんなに榎田に想いを寄せていても、できないことがある。諏訪なら冗談として許されることでも、榎田が芦澤の恋人である以上、あの男には叶わないことなのだ。

こんな形でしか木崎を遣《や》り込めることができないことに自嘲《じちょう》気味の笑みが漏れるが、何もできないよりマシだと思い、タクシーに乗り込んでホテルをあとにする。

しばらく走ったが、マスタングが追いかけてくる様子はなかった。これまでは木崎はいないと思っていたのにどこからか不意に現れることが多かったが、今回は違う。

榎田に頼んだのだ。ラウンジには芦澤もいただろう。諏訪の頼みを聞いて、榎田から芦澤に言ってくれたはずだ。

これで、すべて元通り。

ようやくあの男から解放されたとホッと胸を撫《な》で下ろすが、心の片隅でチリリと小さな痛みのようなものが走った。無意識のうちに胸のあたりに手を遣り、ワイシャツを掻きむしる。

自分の奥で把握できない感情があるのに気づきながらも、諏訪はあえてそれがなんなのかはっきりさせようとはしなかった。木崎が自分の周りからいなくなると、なんとかいつもの自分に戻れる気がして明日から仕事に戻ろうと決心する。

そして、流れる景色を見ながらもう一つ心に誓った。

また、榎田の店に行こう、と……。

あとがき

こんにちは、もしくははじめまして。尿道作家の中原一也です。

いや、ここは自称・尿道作家というべきでしょうか。尿道責めにはまって早数年。「尿道責めといったら中原だ！」と言われるよう頑張ってまいりましたが、なかなか全国制覇は難しく、道のりは遠いと実感している次第でございます。

しかも、今回の尿道はかなりぬるいです。

ただただ過激になっていくのもどうかと思い、今回はソフトを心がけるところが私のツメの甘さを如実に表しているような気がしないでもなく……。

いや。そもそも「尿道作家なんて目指すんじゃない！」というお声もありそうな。

どっちなんでしょう。

前回のあとがきで告白した「地中海で乾燥パスタを尿道に突っ込まれて悶える榎田」も書いてはみたかったんですが、さすがにあんなアホなあとがきを書いた直後に地中海はないだろうってことで、こんな話になってしまいました。

ですが、私もスーツは大好きなので『スーツオタクの榎田』というテーマを心の中にこっそり掲げつつ作品を仕上げるのは楽しかったです。

それから今回は、木崎と諏訪の話がたっぷり書けたのもよかったです。あの二人はすんなり幸せになってもらわず、もっともっとすれ違って欲しいものです。

すべてをこの私が握っていると思うと、次はどうしてやろうかとワクワクしてしまいます。

作者ってキャラの人生をどうにでもできるのがいいですね。特権です。

それでは最後になりますが、挿絵を描いてくださった小山田あみ先生。いつもいつも素敵なイラストをありがとうございます。先生のおかげで、拙い私の作品が華やかになっております。

それから担当様。いつもご指導ありがとうございます。これからも宜しくお願いいたします。

そして、最後に読者様。『極道はスーツを愛玩する』はどうでしたか？　皆さまの存在が私の支えです。誰かが読んでくれるからこそ、書き続けることができるのです。

これからもどうか私の作品を読んでくださいませ。

中原一也

サイボーグさんの恋ー

この本を読んでのご意見・ご感想・
ファンレターをお待ちしております。

〒101-0051
東京都千代田区神田神保町1-19　ポニービル3F
（株）イースト・プレス　アズ・ノベルズ編集部

極道はスーツを愛玩する

2010年4月20日　初版第1刷発行

著　者：中原一也
装　丁：㈱フラット
編　集：福山八千代・面来朋子
発行人：福山八千代
発行所：㈱イースト・プレス
〒101-0051
東京都千代田区神田神保町1-19　ポニービル6F
TEL03-5259-7321　FAX03-5259-7322
http：／／www.eastpress.co.jp／
印刷所：中央精版印刷株式会社

ISBN978-4-7816-0355-1　C0293

オール書き下ろし！
アズノベルズ
AZ・NOVELS
究極のBLレーベル同時発売！
毎月末発売！絶賛発売中！
ボディーガードは愛を囁く